Alexander Puschkin

Boris Godunow

Puschkin, Alexander

Boris Godunow

ISBN: 978-3-86267-545-6

Auflage: 1
Erscheinungsjahr: 2012
Erscheinungsort: Bremen, Deutschland

Europäischer Literaturverlag GmbH, Fahrenheitstr. 1, 28359 Bremen (www.elv-verlag.de). Die Orthografie wurde an die neue deutsche Rechtschreibung angepasst und die Interpunktion behutsam modernisiert.

Cover: Ausschnitt aus einem Porträt von Boris Godunow, Künstler unbekannt.

Boris Godunow

www.elv-verlag.de

Inhalt

Boris Godunow 7
   1. Szene 7
   2. Szene 11
   3. Szene 12
   4. Szene 14
   5. Szene 16
   6. Szene 23
   7. Szene 24
   8. Szene 26
   9. Szene 34
   10. Szene 39
   11. Szene 46
   12. Szene 51
   13. Szene 53
   14. Szene 61
   15. Szene 63
   16. Szene 68
   17. Szene 69
   18. Szene 71
   19. Szene 74
   20. Szene 76
   21. Szene 82
   22. Szene 85
   23. Szene 86

Anhang: Von Puschkin ausgesonderte Szenen........................... 89

Entwurf eines Vorwortes zum »Boris Godunow« (1829/30?) 95

Dem den Russen teuren Gedenken
Nikolai Michailowitsch Karamsins
widmet dieses von seinem Genius
beseelte Werk in Ehrfurcht und Dankbarkeit

Alexander Puschkin

Boris Godunow

1. Szene

Palast im Kreml (1598, 20. Februar).
Die Fürsten Schuiski und Worotynski.

Worotynski: Wohl sind beauftragt wir, die Stadt zu hüten,
Doch jede Aufsicht, scheint es, ist hier unnütz.
Moskau ist leer; es zog ja alles Volk
Dem Patriarchen nach, zum Kloster hin
Was meinst du, wie wird dieses Treiben enden?

Schuiski: Wie's enden wird? Das ist nicht schwer zu sagen:
Das Volk wird wieder heulen, wieder jammern –
Boris wird wieder das Gesicht verziehn,
Wie vor dem Glase Branntwein der Säufer,
Und wird zuletzt in seiner Huld die Krone
Demütig anzunehmen sich entschließen.
Und dann – dann herrscht er wieder über uns,
Wie ehedem.

Worotynski: Doch ist's ein Monat schon,
Dass er ins Kloster schloss sich mit der Schwester
Und scheinbar allem Weltlichen entsagte.
Der Patriarch nicht, die Bojaren nicht
Vermochten ihn bis heute zu bewegen.

Er achtet keiner Mahnung, keiner Tränen,
Hört nicht ihr Flehn, hört nicht auf Moskaus Jammer,
Noch auf die Stimme der vereinten Stände.
Umsonst hat seine Schwester man beschworen,
Durch ihren Segen ihn dem Thron zu weihn;
Die schwer gebeugte Zarin, Nonne jetzt,
Bleibt, wie ihr Bruder, fest und unerbittlich,
Als hätt' er sie mit seinem Geist erfüllt.
Und wie? Wenn in der Tat nun der Regent
Der Herrschersorgen überdrüssig wäre,
Beharrlich den verlassnen Thron verschmähte?
Was sagst du dann?

Schuiski: Ich sage, dass umsonst
Des jungen Zarensohnes Blut geflossen –
Dass, wenn dem so, Dimitri leben könnte.

Worotynski: Entsetzliches Verbrechen! Sag, hat wirklich
Boris das Kind gemordet?

Schuiski: Wer denn sonst?
Wer dang vergebens denn den Tscheptschugow?
Wer sandte beide Bitiagowski aus
Und den Katschalow? Ich ward selbst nach Uglitsch
Gesandt, den Vorgang zu untersuchen.
Auf die noch frischen Spuren stieß ich hier –
Die ganze Stadt war Zeuge des Verbrechens;
Einmütig sagten's alle Bürger aus.
Nach meiner Rückkehr konnte durch ein Wort
Ich den versteckten Bösewicht entlarven.

Worotynski: Was hielt dich also ab, ihn zu vernichten?

Schuiski: Ich muss gestehn, er wusste damals mich
Durch seine dreiste Ruhe zu verwirren.
Er sah mir fest ins Aug', als wär' er schuldlos,
Er fragte hin und her, berührte alles
Und ließ mich so das Märchen wiederholen,
Das er mir selber in den Mund gelegt.

Worotynski: Du handeltest nicht recht.

Schuiski: Was sollt' ich machen?
Dem Zaren alles kundtun? Aber Fjodor
Sah alles mit den Augen Godunows,
Hörte nur mit den Ohren Godunows,
Und hätt' er heute mir geglaubt, schon morgen
Hätt' ihm Boris den Glauben doch genommen;
Mich aber hätte man vom Hof verbannt
Und eines Tages mich, wie meinen Oheim,
In aller Still' erwürgt im öden Kerker.
Ich will nicht großtun – wenn es einmal gilt,
Beb' ich vor keiner Marter wohl zurück;
Ich bin kein Feigling – aber auch kein Dummkopf –
Und steck' den Hals nicht töricht in die Schlinge.

Worotynski: Ein grauser Frevel! Höre, sicherlich
Ist es die Reue, die den Mörder quält.
Es ist das Blut des unschuldsvollen Knaben,
Was ihn zurückscheucht von des Thrones Stufen.

Schuiski: Er schreitet drüber weg, er ist nicht blöde!
Ein schöner Ruhm für uns und für ganz Russland,
Der Sklave, der Tatar, Maljutas Eidam,
Des Henkers Eidam, selbst geborner Henker –
Wird Kron' und Halsband Monomachs ergreifen.

Worotynski: Gering ist seine Herkunft, wir sind edler.

Schuiski: Ich glaub' es wohl!

Worotynski: Die Schuiski, Worotynski
Sind, leicht gesagt, geborne Fürsten.

Schuiski: Freilich!
Von Ruriks Blut!

Worotynski: Hör, Fürst, dann hätten wir
Doch wohl ein Recht auf Fjodors Thron –

Schuiski: Weit mehr
Als dieser Godunow!

Worotynski: Wahrhaftig!

Schuiski: Nun,
Gibt Godunow sein schlaues Spiel nicht auf,
So ist's an uns, die Massen aufzustacheln,
Dass sie dem Godunow den Rücken wenden.
Fehlt's ihnen doch an eignen Fürsten nicht –
Sie mögen einen sich zum Zaren wählen.

Worotynski: Wohl sind wir zahlreich vom Warägerstamme,
Doch schwer wird uns der Kampf mit Godunow.
Schon lange sieht das Volk in uns nicht mehr
Den Nachwuchs seiner kriegerischen Herrscher,
Schon lange sind wir unsrer Länder bar,
Schon lange sind wir nur der Zaren Diener;
Doch er verstand durch Schrecken und durch Milde
Sowie durch seinen Ruhm das Volk zu blenden.

Schuiski: *sieht zum Fenster hinaus.*
Mut hat er, das ist alles. Wir dagegen ...

Doch sieh, das Volk hat sich zerstreut, kehrt heim.
Komm, eilen wir, den Ausgang zu erfahren!

2. Szene

Der Rote Platz.
Volk.

Erster: Nicht zu erweichen! Abgewiesen hat er
  Bojaren, Priester und den Patriarchen.
  Umsonst sind sie zu Füßen ihm gefallen,
  Der helle Glanz des Thrones schreckt ihn ab.

Zweiter: Du lieber Gott! Wer wird uns denn regieren?
  Oh, weh uns!

Dritter: Sieh, es tritt der Oberschreiber
  Heraus, des Rates Spruch uns zu verkünden.

Volk: Seid still, seid still – der Oberschreiber spricht.
  St! Höret zu!

Schtschtelkalow: *von der Haupttreppe aus.*
  Es hat der Rat beschlossen,
  Die Macht der Bitte noch ein letztes Mal
  An des Regenten Schwermut zu versuchen.
  Der heil'ge Patriarch wird morgen früh
  Im Kreml feierliches Hochamt halten –
  Dann trägt man ihm voran die Kirchenfahnen,
  Der Mutter Gottes von Wladimir Bild
  Und das vom Don – so will er mit dem Rat,
  Mit den Bojaren und den Deputierten

Und mit dem ganzen gläub'gen Volk von Moskau
Hinausziehn und die Zarin nochmals anflehn,
Dass der verwaisten Stadt sie sich erbarme,
Zum Thron Boris durch ihren Segen weihe.
So geht denn nun mit Gott in eure Häuser
Und betet, und zum Himmel steige auf
Der Christenschar inbrünstiges Gebet!

Das Volk geht auseinander.

3. Szene

Das Jungfernfeld. Das Neue Jungfernkloster.
Volk.

Erster: Jetzt weilen in der Zarin Zelle sie,
    Boris, der Patriarch und viel Bojaren
    Sind eingetreten.

Zweiter: Und was hört man?

Dritter: Immer
    Noch sträubt er sich, doch kann man Hoffnung fassen.

Ein Weib mit einem Kinde: Nicht weinen, Kind! Sonst kommt der schwarze Mann
    Und schleppt dich weg! Hör auf zu weinen, Herzchen!

Erster: Kann man nicht in den Klosterhof hinein?

Zweiter: Wo denkst du hin? Schon auf dem Felde kommt man
    Kaum durchs Gedräng' – und drinnen erst! Ganz Moskau
    Ist hier beisammen – sieh nur, Mauern, Dächer,

Des höchsten Glockenturmes Galerien,
Der Kirchen Kuppeln und die Kreuze selbst
Bekränzt mit Menschen!

Erster: Ja, ein schöner Anblick!

Einer: Was für ein Lärm ist dort?

Ein andrer: Horch, welch ein Lärm!
Es heult das Volk, sie stürzen auf die Knie
In Reih'n, wie Wellenschlag – und noch – und noch –
Jetzt kommt's an uns, rasch, werfen wir uns nieder!

Volk: *kniend, Geheul und Schluchzen.*
Erbarm dich doch, oh Vater, nimm es an,
Sei unser Herr und Zar!

Erster: *leise.* Was weinen sie?

Zweiter: Was wissen wir's? Das wissen die Bojaren,
Nicht unsereins.

Weib mit dem Kinde: Jetzt, da es weinen soll,
Ist's still. Wart nur, da kommt der schwarze Mann!
So wein doch, Range! Sie wirft das Kind auf die Erde, das
Kind schreit. Endlich!

Erster: Alles weint –
Wir müssen's auch.

Zweiter: Ich krieg's nicht fertig.

Erster: Mir
Geht's ebenso. Hast du nicht eine Zwiebel?

Zweiter: Woher? Mit Speichel geht's am Ende auch.
Was gibt's da wieder?

Erster: Ja, wer wird draus klug!

Volk: Er nahm die Krone an – will unser Zar sein –
Boris ist unser Herrscher! Heil Boris!

4. Szene

Kreml.
Boris, Patriarch, Bojaren.

Boris: Du, Vater Patriarch, und ihr, Bojaren,
  Vor euch liegt meine Seele offen da;
  Gesehn habt ihr, dass ich der Herrschaft Zügel
  Mit banger Demut in die Hände nehme.
  Schwer liegt auf mir die Bürde meiner Pflichten!
  Der mächtigen Iwane Erbe bin ich
  Und bin der Erbe des verklärten Zaren!
  Du Seliger! Mein väterlicher Fürst!
  Schau nieder auf die Tränen deiner Treuen
  Und sende dem, den du so sehr geliebt,
  Den du so wunderherrlich hier erhöht,
  Zur Herrscherlaufbahn deinen heil'gen Segen,
  Dass ruhmvoll ich mein Volk regieren möge,
  In Milde und Gerechtigkeit, wie du!
  Von euch erwart' ich Beistand, ihr Bojaren,
  Dient mir, so wie ihr ihm gedienet, als
  Ich eure Arbeit noch mit euch geteilt,
  Eh' mir durch Volkes Willen ward die Krone.

Bojaren: Den Eid, den wir geschworen, halten wir.

Boris: Jetzt lasst uns gehn, zu beten an den Särgen
Der Herrscher Russlands, die im Herrn entschlafen.
Und dann sei unser Volk zum Schmaus geladen
Vom Würdenträger bis zum blinden Bettler –
Sie alle sind als Gäste uns willkommen!

Er geht ab, die Bojaren folgen ihm.

Worotynski: *hält den Schuiski zurück.*
Du hattest recht!

Schuiski: Was soll's?

Worotynski: Nun hier, vor Kurzem,
Du weißt doch noch?

Schuiski: Ich? Nein, ich weiß von nichts.

Worotynski: Als auf das Jungfernfeld das Volk hinauszog,
Da sprachst du –

Schuiski: Alles darf man nicht behalten;
Zuzeiten ist es ratsam, zu vergessen.
Nur durch verstelltes Schmähen übrigens
Wollt' ich dich damals prüfen und dein Denken,
Dein innerstes, mit Sicherheit erforschen.
Doch jubelnd grüßt den Zaren schon das Volk;
Man könnte leicht bemerken, dass ich fehle –
Drum geh' ich hin.

Worotynski: Oh hinterlist'ger Höfling!

5. Szene

Nacht. Zelle im Tschudow-Kloster (1603).
Vater Pimen, Grigori (schlafend).

Pimen: *schreibt bei einer Lampe.*
Nur ein Ereignis noch, es ist das letzte;
Und dann ist meine Chronik abgeschlossen,
Erfüllt die Pflicht, die Gott mir auferlegt,
Mir Sünder. Nicht umsonst hat ja der Herr
Zum Zeugen vieler Jahre mich gemacht
Und mich die Kunst des Schreibens lernen lassen.
Es wird dereinst ein arbeitsamer Mönch
Die treue, namenlose Chronik finden –
Er zündet dann, wie ich, die Lampe an;
Vom Pergament den Staub der Zeiten schüttelnd,
Verzeichnet er die wahrhaften Berichte,
Auf dass der Gläub'gen Enkel innewerden
Des Heimatlandes früheres Geschick,
Dass sie gedenken ihrer großen Zaren
Und ihres weisen, ruhmerfüllten Waltens –
Doch für ihr Unrecht, ihre dunkeln Taten
Demütig zum Erlöser beten mögen.
Im Alter leb' ich jetzt ein neues Leben,
An mir vorbei zieht die Vergangenheit;
Ist's lange denn, dass sie, geschwellt von Taten,
Hinrauschte wie ein wilder Ozean?!
Jetzt schweigt der Sturm, und tiefe Ruhe herrscht.
Nicht viel Gesichter hab' ich im Gedächtnis,
Nicht viele Worte dringen an mein Ohr,
Das andre ist unwiederbringlich hin! ...

Doch sieh, es tagt, die Lampe will erlöschen –
Nur ein Ereignis noch, es ist das letzte. *Schreibt.*

Grigori: *erwachend.* Derselbe Traum! Und schon zum dritten Male?
Verwünschter Traum! ... Noch immer vor der Lampe
Sitzt da der Greis und schreibt – kein Schlaf hat ihm
Die ganze Nacht das Auge schließen können.
Wie lieb' ich seine ruhige Gebärde,
Wenn, ins Vergangene den Geist versenkt,
Er seine Chronik niederschreibt! Schon oft
Sucht' ich zu raten, was er grade schildert –
Ob der Tataren düstres Herrschertum?
Oder Iwans entsetzlich grausam Wüten?
Das sturmerregte Wetsche Nowgorods?
Des Vaterlandes Ruhm? Vergebens frag' ich!
Nicht auf der hohen Stirn, nicht in den Blicken
Ist, was er im geheimen denkt, zu lesen.
Dieselbe fromm-ehrwürd'ge Miene stets.
Ganz so blickt der im Amt ergraute Richter
Gelassen auf Gerechte wie auf Schuld'ge,
Vernimmt gleichmütig Gutes sowie Böses
Und weiß von Mitleid nichts und nichts von Zorn.

Pimen: Erwacht, mein Bruder?

Grigori: Gib mir deinen Segen,
    Ehrwürd'ger Vater.

Pimen: Segne dich der Herr,
So heute wie in alle Zukunft. Amen.

Grigori: Du schriebst und schriebst, und dich beschlich kein Schlummer

Doch meine Ruh' hat ein Gesicht der Hölle
Gestört, mich ängstigte der böse Feind.
Es träumte mir, dass ich auf steiler Leiter
Erstiegen einen Turm, von dessen Höhe
Moskau wie ein Ameisenhaufen dalag –
Da unten wogte auf dem Platz das Volk
Und mit Gelächter wies es auf mich hin;
Ich schämte mich und war zugleich erschreckt,
Und jählings stürzt' ich nieder und erwachte;
Und dreimal träumte ich denselben Traum.
Ist das nicht sonderbar?

Pimen: Es spielt das junge Blut.
Kasteie dich mit Beten und mit Fasten,
Und sanfte Bilder werden deine Träume
Erfüllen. Bis auf diesen Tag, wenn ich,
Vom Schlummer wider Willen übermannt,
Nicht auf die Nacht ein lang Gebet verrichtet,
So ist mein alter Schlaf nicht fest, nicht sündlos.
Bald zeigen sich mir lärmende Gelage,
Bald Heereszüge und bald Schlachtgetümmel,
Woran die tolle Jugend Freude hat!

Grigori: Wie froh verlebtest du die jungen Jahre!
Du hast gefochten unter Kasans Mauern,
Du warfst Litauens Heer zurück mit Schuiski,
Du sahst den Hof Iwans und seine Pracht!
Du Glücklicher! Doch ich, von Kindheit an,
Muss durch die Klosterzellen einsam wandeln,
Warum könnt' ich nicht auch am Kampf mich freun
Und auch mit schmausen an des Zaren Tafel?
Noch früh genug könnt' ich wie du im Alter

Verzichten auf das Treiben dieser Welt,
Mich durch das strenge Mönchsgelübde binden
Und in die stille Klause mich verschließen.

Pimen: Bedaure nicht, dass du die sünd'ge Welt
So früh verlassen, dass nicht viel Versuchung
Der Höchste dir gesandt. Oh glaube mir's,
Von ferne locken Ruhm und Prunksucht uns,
Und ränkevoll umstrickt uns Frauenliebe.
Ich habe lang gelebt und viel genossen,
Doch von der Zeit an weiß ich erst, was Glück ist,
Da mich der Herr ins Kloster kommen ließ.
Die großen Zaren fass ins Auge, Sohn:
Wer steht wohl höher? Gott nur. Wer erhebt
Sich gegen sie? Niemand! Und doch – wie oft
Hat sie der goldne Reif zu schwer gedrückt,
Und sie vertauschten ihn mit der Kapuze.
So nahm auch Zar Iwan, nach Frieden suchend,
Der Mönche stilles Wirken sich zum Vorbild.
Sein Schloss, von stolzen Günstlingen erfüllt,
Nahm eines Klosters Ansehn plötzlich an:
Der Leibtrabant erschien als frommer Mönch
Mit Kappe und im härenen Gewand,
Der grimme Zar als gottesfürcht'ger Abt.
Hier sah ich ihn, in dieser selben Zelle
(Kyrill bewohnte sie damals, der Dulder,
Ein heil'ger Mann – Gott hatte zu der Zeit
Auch mich bereits die Eitelkeit der Welt
Erkennen lassen) – hier sah ich den Zaren,
Von Zorngedanken und vom Strafen müde.
So saß bei uns der Schreckliche, still sinnend,
Wir standen vor ihm, ohne uns zu rühren –

Und leis und milde klangen seine Worte.
Also sprach er zum Abt und zu den Brüdern:
»Ihr Väter, meiner Wünsche Tag wird kommen,
Erscheinen werd' ich hier, nach Rettung dürstend.
Du, Nikodem ... du, Sergej ... du, Kyrill,
Ihr all empfanget mein geistliches Gelübde:
Als reu'ger Sünder will ich zu euch kommen,
Zu deinen Füßen knien, Vater Abt,
Und dann in frommes Bußgewand mich kleiden.«
So redete der hochgewalt'ge Herrscher,
Und lieblich floss das Wort von seinen Lippen,
Und weinen sahn wir ihn und flehten heiß
Zum Herrn in Tränen, dass er niedersende
Frieden und Liebe der gequälten Seele.
Und dann sein Sohn Fjodor? Auf dem Thron
Seufzt' er voll Sehnsucht nach dem stillen Leben
Des stummen Klausners. Er verwandelte
Die Zarenhalle in ein Betgemach.
Da trübten seine reine Seele nicht
Der Herrschaft schwere, kummervolle Sorgen.
Dem Herrn gefiel des Zaren Frömmigkeit,
Und Russland durfte ehrenvollen Friedens
Sich freuen unter ihm, und als er hinschied,
Begab ein unerhörtes Wunder sich:
Ans Lager trat, vom Zaren nur gesehn,
Ein Mann in außerordentlichem Glanz.
Mit ihm begann Fjodor ein Gespräch
Und nannte ihn erhabner Patriarch.
Und alle rings erfasste großer Schreck –
Wohl spürten sie die himmlische Erscheinung,
Dieweil der Kirchenfürst in dem Gemach

Sich bei dem Zaren damals nicht befand.
Als er dann hingeschieden war, da füllte
Mit laut'rem Wohlgeruch sich der Palast,
Sein Antlitz aber glänzte wie die Sonne.
Solch einen Zar erblicken wir nicht wieder!
Oh schreckliches, noch nie erlebtes Leid!
Wir haben Gott erzürnt und schwer gesündigt,
Den Zarenmörder haben wir gesetzt
Zum Herrscher über uns.

Grigori: Schon lange, frommer Vater,
Trieb's mich, um Auskunft dich zu bitten über
Dimitris, des Zarewitsch, Tod. Damals
Warst du, so heißt's, in Uglitsch.

Pimen: Ach, jawohl!
Gott führte mich dahin, zu sehn die Untat,
Den blut'gen Frevel. In das ferne Uglitsch
Ward ich zu klösterlichem Dienst gesandt.
Nachts langt' ich an. Frühmorgens um die Messe
Zieht plötzlich man die Glocke – Sturmgeläut,
Geschrei und Lärm. Man rennt zum Hof der Zarin.
Ich laufe mit. Schon ist die ganze Stadt
Versammelt – hingemeuchelt liegt Dimitri,
Ohnmächtig über ihm die Zarin-Mutter,
Verzweifelnd Klaggeschrei erhebt die Amme,
Her schleppt in wilder Raserei das Volk
Die ruchlose Verräterin, die Aufwartefrau.
Da zeigt sich plötzlich grimmig, bleich vor Wut,
In ihrer Mitte Judas-Bitiagowski.
Ein Zorngeheul bricht aus: »Das ist der Frevler!«
Im Nu ist er zerrissen. Und das Volk

Stürzt den entflohenen drei Mördern nach.
Aus dem Versteck reißt man die Bösewichter
Und stellt sie an des Knaben warme Leiche.
Und wunderbar – es zitterte der Tote.
»Bekennet!«, tönt des Volkes Donnerstimme,
Die Beile drohn, Angst packt die Bösewichter,
Sie beichteten und nannten – den Boris.

Grigori: Wie alt war der Zarewitsch, als er fiel?

Pimen: Nun, sieben Jahre, und jetzt wär' er schon –
(Zehn Jahre sind es her – nein mehr, schon zwölf)
Er stünde jetzt mit dir in einem Alter
Und wäre Zar – doch anders wollt' es Gott.
Mit dieser Trauerkunde will ich denn
Auch meine Chronik schließen; seit der Zeit
Vernahm ich wenig von der Welt. – Hör, Bruder,
Durch Lesen und durch Schreiben ist dein Geist
Geweckt – ich übergebe dir mein Werk.
In Stunden, wo die fromme Übung ruht,
Da schreibe nieder, schlicht und ohne Klügeln,
All das, wovon du Zeuge wirst im Leben,
So Krieg als Frieden und der Herrscher Walten,
Geweihter Männer heil'ge Segenswunder,
Des Himmels Zeichen, voll von Vorbedeutung.
Für mich ist's Zeit, ist's hohe Zeit, zu ruhn,
Zu löschen meine Lampe. – Doch man läutet
Zur Morgenmesse. Segne du, oh Herr,
Die Knechte dein! ... Grigori, gib die Krücke. *Geht ab.*

Grigori: Boris, Boris! Es zittert vor dir alles,
Und niemand wagt es, dich an das Geschick
Des unglücksel'gen Kindes zu erinnern.

Inzwischen aber schreibt in dunkler Zelle
Der Mönch die schwere Klagschrift gegen dich,
Und du entrinnst dem weltlichen Gerichte
So wenig als dem göttlichen Gericht.

6. Szene

Palast des Patriarchen.
Patriarch, Abt des Tschudow-Klosters.

Patriarch: Also ist er davongelaufen, Vater Abt?

Abt: Davongelaufen, heiliger Herr, es ist heute der dritte Tag.

Patriarch: Bube, vermaledeiter! Und wo ist er her?

Abt: Er ist aus dem Geschlecht der Otrepjew, Bojarenkinder von Galitsch; wurde in früher Jugend schon Mönch, man weiß nicht wo; lebte dann in Susdal im Jefimjew-Kloster; ging von da fort, trieb sich in verschiedenen Klöstern um und kam endlich in meine Tschudowsche Bruderschaft; ich sah, dass er noch jung und unerfahren war und übergab ihn der Obhut des Vaters Pimen, eines sanften, frommen Greises; der Entflohene war in Büchern bewandert, las unsere Chroniken und machte auch Lobgesänge auf die Heiligen; aber nicht unser Herrgott scheint ihm verholfen zu haben zu seinem Wissen.

Patriarch: Ach geht mir mit diesen Wissenden! Was hat er sich da ausgedacht! »Ich werde Zar sein in Moskau!« Ach, du Gefäß des Satans! Wir wollen aber nicht darüber an den Zaren berichten – wozu unsern väterlichen Herrscher damit behelligen! Es genügt, dem Djak Smirnow oder dem Djak Jefimjew die Flucht zu melden. Solch eine Ketzerei! »Ich werde Zar sein in Moskau!« Man soll ihn einfangen, den Höllensohn, und ihn ins Solowezki-Kloster schicken zu lebenslänglicher Abbüßung. Ist es nicht Ketzerei, Vater Abt?

Abt: Ketzerei, heiliger Herr, wahre Ketzerei.

7. Szene

Gemächer des Zaren.
Zwei Hofleute.

Erster: Wo ist der Zar?

Zweiter: Er hat im Schlafgemach
Mit einem Zauberer sich eingeschlossen.

Erster: Ja, das ist seine liebste Unterhaltung:
Wahrsager, Hexenmeister, Zauberinnen –.
Er lässt sich prophezein wie eine Braut.
Was er wohl so herauszubringen sucht?

Zweiter: Da kommt er selbst. Beliebt dir's, ihn zu fragen?

Erster: Wie finster blickt er! Beide gehen ab.

Der Zar tritt ein.

Zar: Mein ist nun die Macht.
Fünf Jahre schon regier' ich ungestört,
Doch Glück kennt meine Seele nicht. Ganz so
Erfasst uns Liebesglut in jungen Jahren,
Wir schmachten nach Genuss – und stillten kaum

Durch flüchtigen Besitz des Herzens Hunger,
So fühlen Kälte wir und Überdruss!
Umsonst verheißen mir die Zeichendeuter
Ein langes Leben, ungetrübte Herrschaft:
Froh macht mich nicht die Herrschaft, nicht das Leben
Des Himmels Donner hör' ich grollend nahn.
Mir wird kein Glück zuteil. Mein Volk gedacht' ich
Durch Wohlstand und durch Ehre zu befried'gen,
Durch Spenden seine Liebe zu gewinnen –
Doch gab ich längst das eitle Mühen auf.
Die Menge hasst den Herrscher, der da lebt,
Zu lieben wissen sie die Toten nur.
Gleich töricht sind wir, wenn des Volkes Jauchzen,
Wie wenn sein Toben uns das Herz bewegt!
Gott sandte Hungersnot in unser Land,
Es jammerte das Volk, erlag den Qualen.
Ich schloss die Speicher ihnen auf und streute
Geld unter sie, ich schaffte ihnen Arbeit –
Sie aber fluchten mir in ihrem Wahnsinn!
Die Feuersbrunst verzehrte ihre Häuser,
Ich baute ihnen neue Wohnungen –
Auf meine Schulter wälzten sie den Brand!
So denkt das Volk – da wirb um seine Liebe!
In meinem Hause dacht' ich Trost zu finden,
Die Tochter dacht' ich glücklich zu vermählen –
Da rafft der Tod den Bräutigam hinweg,
Und wieder wirft das tückische Gerücht
Die Schuld an meiner Tochter Witwenschaft
Auf mich, auf mich, den unglückselgen Vater!
Wer immer stirbt – ich bin's, der alle mordet.
An Fjodors frühem Ende bin ich schuld,

Ich tötete die Zarin, meine Schwester,
Die fromme Nonne! ... Alles kommt von mir!
Weh mir! Ich fühl's, in dieses Lebens Nöten
Kann nichts dem Herzen Frieden geben, nichts –
Es sei denn das Gewissen. Ist es rein,
Dann siegt es über Bosheit und Verleumdung.
Doch hat darin ein einz'ger Flecken nur,
Ein einz'ger sich zufällig eingenistet –
Dann wehe! Wie vom Pesthauch angeglüht,
Verbrennt die Seele, Gift durchströmt das Herz,
Wie Hammerschlag pocht Vorwurf an das Ohr,
Die Kehle ist wie zugeschnürt, mir schwindelt,
Und blut'ge Knaben hüpfen vor den Augen ...
Man möchte fliehen – doch wohin? – entsetzlich!
Unselig, wer nicht rein weiß sein Gewissen!

8. Szene

Schenke an der litauischen Grenze.
Misail und Warlaam, wandernde Bettelmönche; Grigori Otrepjew in weltlicher Tracht; Wirtin.

Wirtin: Womit kann ich euch aufwarten, fromme Väter?

Warlaam: Was Gott gibt, Frau Wirtin. Habt ihr keinen Wein?

Wirtin: Wie sollten wir nicht, ehrwürd'ge Väter! Ich will ihn gleich holen. Geht ab.

Misail: Was lässt du denn so den Kopf hängen, Gesell? Da ist nun die litauische Grenze, nach der dich so verlangte.

Grigori: Erst muss ich in Litauen sein, dann bin ich ruhig.

Warlaam: Was hast du denn für einen Narren gefressen an dem Litauen? Da sieh mal uns an, den Vater Misail und mich armen Sünder: Seit wir aus dem Kloster glücklich entschlüpft sind, denken wir an nichts weiter: Russland oder Litauen – Krallen oder Klauen – das macht uns wenig Pein – gibt es nur Wein – da bringt man ihn herein!

Misail: Wie sich das prächtig reimt, Vater Warlaam.

Wirtin: *tritt ein*. Hier, liebe Väter. Wohl bekomm' es euch!

Misail: Danke schön, liebe Frau, segne dich Gott!

Sie trinken. Warlaam stimmt ein Lied an: »*In der Stadt Kasan, der schönen ...*«

Warlaam: Nun, was singst du nicht mit?

Grigori: Ich will nicht.

Misail: Des Menschen Wille ist sein Himmelreich.

Warlaam: Wer gut zecht, ist im Himmelreich!
Lasst uns ein Gläschen leeren –
der Frau Wirtin zu Ehren...

Singt: »*Ward ein junger Mönch geschoren*« *usw.*

Ja freilich, Vater Misail, wenn ich das Trinken treibe – halt' ich mir Nüchterne vom Leibe. Ein andres ist die Becherei – ein andres die Großsprecherei; willst du leben so wie wir, so bist du willkommen, wenn nicht, so scher dich fort, pack dich: Es passen die Laffen nicht zu den Pfaffen.

Grigori: Sauf, aber pass auf dich selber auf, Vater Warlaam! ... Du siehst, zuweilen kann ich auch reimen.

Warlaam: Was soll ich aufpassen?

Misail: Lass ihn in Ruh', Vater Warlaam.

Warlaam: Ja, was ist er denn für ein Betbruder? Hat sich selbst zu uns gedrängt, Gott weiß wer, Gott weiß woher – und tut groß! Er hat wohl an der Stute gerochen ... Trinkt und singt.

Grigori: *zur Wirtin*. Wohin führt dieser Weg?

Wirtin: Nach Litauen, Freund, nach den Lujowbergen.

Grigori: Und ist es weit bis zu den Lujowbergen?

Wirtin: Weit ist es nicht, man könnte bis zum Abend dort sein, wenn nicht des Zaren Schlagbäume wären und die Wachtposten.

Grigori: Wie, Schlagbäume? Was soll das heißen?

Wirtin: Es ist einer entflohn aus Moskau, und da ist Befehl gegeben, jedermann anzuhalten und zu untersuchen.

Grigori: *für sich*. Da haben wir die Bescherung.

Warlaam: He, Genosse! Hast dich ja an die Frau Wirtin gemacht.
Fragst nicht nach dem Glase, sondern nach der Frau Base.
Auch gut, Bruder, auch gut! Jeder hat seine Gewohnheiten.
Dem Vater Misail und mir macht nur eines das Herz schwer:
Wie kriegen wir den Becher leer? Wir trinken immer noch eins herum
und stürzen zuletzt den Becher um.

Misail: Schön gereimt, Vater Warlaam.

Grigori: Wen suchen sie denn? Wer ist aus Moskau entflohn?

Wirtin: Ja, Gott weiß wer, ein Dieb, ein Räuber – genug, jetzt können auch die ehrlichen Leute hier nicht durch. Und was kommt dabei heraus? Gar nichts, keinen räudigen Hund werden sie fangen. Als ob es keine anderen Wege nach Litauen gäbe als die Landstraße. Da wendet man sich bloß links von hier und schlägt den Pfad durch den Kiefernwald ein, bis zur Kapelle, die am Tschekanbach steht, von da geht's grade durch den Sumpf nach Chlopino und von da nach Sacharjewo – und ist man erst dort, so bringt einen jedes Kind nach den Lujowbergen. Von diesen Grenzwächtern hat man weiter nichts, als dass sie die Reisenden plagen und uns arme Leute schinden. Man hört ein Geräusch. Was gibt's da wieder? Ach, da sind sie, die Verfluchten! Sie machen die Runde.

Grigori: Wirtin! Gibt es nicht noch einen anderen Winkel hier im Hause?

Wirtin: Nein, Bester, ich wäre selbst froh, mich zu verstecken. Da tun sie groß mit ihrer Besichtigung und wollen bloß Wein aufgetischt haben und Brot und was alles noch – dass sie die Pest holen möge, dass sie ...

Zwei Grenzwächter treten ein.

Grenzwächter: Guten Tag, Wirtin.

Wirtin: Seid willkommen, werte Gäste. Bitte, tretet doch näher.

Ein Grenzwächter: *zum andern.* Ach! Hier wird gezecht; da fällt auch für uns was ab. Zu den Mönchen. Was seid ihr für Leute?

Warlaam: Wir sind gottgeweihte Greise, demütige Mönche, wandern in den Ortschaften umher und sammeln christliche Almosen fürs Kloster.

Grenzwächter zu Grigori: Und du?

Misail: Ist unser Reisegefährte ...

Grigori: Ich bin ein Bürger aus der Vorstadt, habe die Alten bis an die Grenze begleitet und will jetzt wieder nach Haus.

Misail: So bist du andern Sinnes ...

Grigori: *leise.* Schweig doch!

Grenzwächter: Wirtin, bring noch Wein, wir wollen hier mit den Alten eins trinken und plaudern.

Zweiter Grenzwächter: Der Bursch da scheint mir kahl zu sein, bei dem ist nichts zu holen; die Alten aber ...

Erster: Nur ruhig, wir wollen ihnen gleich beikommen. Nun, ihr Väter, wie geht die Hantierung?

Warlaam: Schlecht, mein Sohn, schlecht! Die Christenmenschen sind dermalen karg geworden, sind aufs Geld erpicht und halten's fest, wollen Gott wenig geben. Es ist große Sünde kommen über die Leute. Haben sich alle auf Handel und Wandel und Pfiffe und Kniffe verlegt, denken nur an die Schätze der Welt und nicht an das Heil ihrer Seele. Da wandert man und wandert, betet seinen Spruch her und schlägt in drei Tagen kaum drei Groschen heraus! Über die Sünde! Eine Woche vergeht und noch eine, man guckt in den Beutel, ja, da ist so wenig drin, dass man sich schämt, damit im Kloster zu erscheinen. Was geschieht? Aus Verdruss vertrinkt man auch das wenige. Es ist ein Jammer. Ach, es steht gar schlimm, man merkt, das Ende der Tage ist herangekommen ...

Wirtin: *weinend.* Oh Herr, sei uns gnädig und beschütz uns!

Während der Rede Warlaams hat der erste Grenzwächter den Misail aufmerksam betrachtet.

Erster Grenzwächter: Alexej, hast du des Zaren Befehl bei dir?

Zweiter: Jawohl.

Erster: Gib doch her!

Misail: Was starrst du mich so unverwandt an?

Erster Grenzwächter: Das will ich dir sagen: Aus Moskau ist ein gewisser böser Ketzer entlaufen, mit Namen Grischa Otrepjew. Hast du nicht davon gehört?

Misail: Nein.

Grenzwächter: Nicht? Auch gut. Nun, diesen flüchtigen Ketzer hat der Zar befohlen, zu fangen und zu hängen. Weißt du davon?

Misail: Gar nichts.

Grenzwächter: *zu Warlaam.* Kannst du lesen?

Warlaam: Ich hab's in meiner Jugend gekonnt, hab's aber verlernt.

Grenzwächter: *zu Misail.* Und du?

Misail: Der Herr hat mich nicht erleuchtet.

Grenzwächter: Nun, siehst du, hier ist des Zaren Befehl.

Misail: Was soll er mir?

Grenzwächter: Mir will es vorkommen, dass der flüchtige Ketzer, Dieb, Spitzbube kein anderer ist – als du!

Misail: Ich? Gott bewahre! Was fällt dir ein?

Grenzwächter: Warte! Die Türen zugehalten ... Das wollen wir gleich herausbringen.

Wirtin: Ach, die heillosen Plagegeister! Nicht einmal den alten Mönch lassen sie in Ruhe.

Grenzwächter: Wer kann hier lesen?

Grigori: *tritt vor.* Ich kann lesen.

Grenzwächter: Sieh doch mal an! ... Wer hat es dich denn gelehrt?

Grigori: Unser Mesner.

Grenzwächter: *reicht ihm das Blatt.* Lies laut!

Grigori: *liest.* »Vom Tschudow-Kloster der unwürdige Mönch Grigori, aus dem Geschlecht der Otrepjew, verfiel in Ketzerei und erfrechte sich, angestiftet vom Teufel, die fromme Bruderschaft durch allerlei Ärgernis und gottlose Reden aufzuhetzen. Aus den angestellten Nachforschungen hat sich ergeben, dass er, der gottlose Grischka, nach der litauischen Grenze zu entflohen ist ...«

Grenzwächter: *zu Misail.* Siehst du, dass du es bist?

Grigori: »Und hat der Zar befohlen, ihn einzufangen ...«

Grenzwächter: Und aufzuhängen!

Grigori: Hier steht nicht: aufzuhängen.

Grenzwächter: Flunkere nicht! Es wird nicht jedes Wort ausgeschrieben. Du liest: einzufangen und aufzuhängen.

Grigori: »Und aufzuhängen. Und steht der Dieb Grischka im Alter über fünfzig Jahr' er sieht dabei den Warlaam an, ist von mittlerer Größe, hat eine kahle Stirn, grauen Bart, dicken Bauch.«

Alle sehen auf Warlaam.

Erster Grenzwächter: Kinder! Hier ist der Grischka! Haltet ihn, bindet ihn! Das hätt' ich nicht gedacht, das hätt' ich nicht vermutet!

Warlaam: *reißt das Papier an sich.* Halt, ihr Hurensöhne! Wie soll ich der Grischka sein? Wie? Fünfzig Jahre, grauer Bart, dicker Bauch! Nein, Brüderchen, du bist noch zu grün, um mit mir dein Spiel zu treiben. Ich hab' lange nicht mehr gelesen, und es wird mir sauer, aber wenn es an den Hals geht, bring' ich's schon fertig. Liest, mühsam buchstabierend: »Steht - im Al-ter von - zwan-zig Jahren -« Was, Bruder, wo steht da fünfzig? Siehst du? - Zwanzig.

Zweiter Grenzwächter: Ja, ich erinnere mich, zwanzig; so wurd' es uns auch gesagt.

Erster Grenzwächter: *zu Grigori.* Du bist, scheint's, ein Spaßvogel, Freundchen.

Während des Lesens steht Grigori mit gebeugtem Kopf, die Hand im Busen.

Warlaam: *fährt fort.* »Von kleinem Wuchse, Brust breit, ein Arm kürzer als der andere, Augen blau, Haare rot, auf der Wange eine Warze, auf der Stirn ebenfalls.« Ja, mein Lieber, das bist am Ende gar du selber?!

Grigori zieht plötzlich einen Dolch; alle weichen vor ihm zurück; er springt zum Fenster hinaus.

Die Grenzwächter: Haltet ihn! Haltet!

Alles rennt in Verwirrung ihm nach.

9. Szene

Moskau. Wohnung Schuiskis.
Schuiski nebst vielen Gästen, beim Abendessen.

Schuiski: Bringt noch mehr Wein! *Er erhebt sich, alle stehen auf.*
Wohlan, ihr werten Gäste,
Den Abschiedstrunk! Sprich, Knabe, das Gebet.

Knabe: Des Himmels Herr, du, der allgegenwärtig
Und ewig thront, hör deiner Knechte Flehn:
Für unsern Herrscher beten wir zu dir,
Den frommen, den durch deine Gnad' erkornen,
Den selbstgebietenden Herrn der Christenheit.
Schirm ihn in seinem Schloss und auf dem Schlachtfeld,
Auf seinen Wegen und auf seinem Lager.
Verleih ihm über seine Feinde Sieg,
Lass seinen Ruhm von Meer zu Meer ertönen.
Fröhlich erblühe ihm des Hauses Stamm,
Dass seine edlen Zweige überschatten
Die ganze Welt; uns aber, seinen Knechten,
Bleib er, wie früher, huldreich zugetan,
Voll Milde und langmütigen Erbarmens.
Aus seiner Weisheit unerschöpftem Born
Entquelle auch für uns heilsame Labung.

So bringen diesen Becher wir dem Zaren
Und bitten dich, oh Gott, um deinen Segen.

Schuiski: *trinkt.* Lang lebe unser edler, großer Herrscher!
Und nun lebt wohl, ihr meine werten Gäste;
Habt Dank, dass mein bescheidnes Mahl ihr nicht
Verschmähet. Lebt denn wohl, und gute Ruh'.

Die Gäste entfernen sich; Schuiski gibt ihnen das Geleit.

Afanassi Puschkin: Endlich sind sie fort; nun, Fürst Wassili Iwanowitsch, ich dachte schon, es würde gar nicht möglich sein, mit dir ein Wort allein zu sprechen.

Schuiski: *zu den Dienern.* Was habt ihr hier zu gaffen? Wenn ihr nur immer horchen könnt auf das, was die Herrschaft sagt. Räumt ab, und dann fort mit euch. Was ist es, Afanassi Michailowitsch?

Puschkin: Ja, Wunder sind es, wahre Wunderdinge! Von meinem Brudersohn, Gawrila Puschkin, kam heute früh aus Krakau ein Kurier.

Schuiski Nun?

Puschkin: Seltsam klingt die Botschaft meines Neffen. Der Sohn Iwans ... Doch wart. Geht an die Tür und sieht nach.
Der edle Knabe,
Der auf Boris' Befehl ermordet ward ...

Schuiski: Das ist doch gar nichts Neues.

Puschkin: Warte nur ...
Dimitri lebt.

Schuiski: Das nenn' ich eine Mär!
Der Sohn des Zaren lebt! Fürwahr ein Wunder!
Und ist das alles?

Puschkin: Höre bis zu Ende:
Wer es auch sei, ob der gerettete
Zarewitsch, ob ein böser Geist in seiner
Gestalt, ob nur ein frecher Abenteurer –
Genug, Dimitri ist dort aufgetaucht.

Schuiski: Unmöglich.

Puschkin: Puschkin hat ihn selbst gesehn,
Als eben er im Schlosse angelangt war
Und durch die Reih'n der litauischen Herren
Gerad ins Kabinett des Königs schritt.

Schuiski: Wer ist er? Woher kommt er?

Puschkin: Das weiß niemand;
Bekannt ist nur, dass er beim Wischnewezki
Als Knecht gedient; dass auf dem Krankenlager
Er sich entdeckte seinem Beichtiger;
Dass, als der Herr vernommen das Geheimnis,
Er nicht zu stolz war, seinen Knecht zu pflegen,
Zu Sigismund zu bringen den Genesnen.

Schuiski: Und was spricht man von diesem kecken Burschen?

Puschkin: Er soll verständig sein, freundlich, gewandt
Und allen recht. Die Flüchtlinge aus Moskau
Hat er bezaubert. Die latein'schen Pfaffen
Sind eins mit ihm. Der König schmeichelt ihm
Und hat, so heißt es, Hilf ihm zugesagt.

Schuiski: Das alles, Bruder, ist ein solcher Wirrwarr,
   Dass mir der Kopf davon ganz schwindlig wird,
   Ein falscher Dimitri ist es ohne Zweifel,
   Doch die Gefahr ist freilich nicht gering.
   Die Nachricht ist von Wichtigkeit, und dringt sie
   Ins Volk, so kann es große Stürme geben.

Puschkin: So groß, dass Zar Boris die Krone kaum
   Auf seinem klugen Haupt behalten dürfte.
   Und recht geschah' ihm – er regiert uns ja
   Wie Zar Iwan – Gott schütze uns in Gnaden!
   Was nutzt es, dass wir nicht mehr öffentlich
   Gerichtet werden, nicht auf blut'gen Brettern
   Vor allem Volk dem Heiland Psalmen singen?
   Dass man uns nicht, wie einstmals, auf dem Marktplatz
   Verbrennt, indes der Zar die glühenden Kohlen
   Mit seinem Herrscherstab zusammenscharrt?
   Sind wir drum unsres armen Lebens sicher?
   Es warten unser jeden Tag Verbannung,
   Sibirien, Kloster, Kerkerhaft und Ketten,
   In öder Wildnis Hungertod und Strang.
   Wo sind denn unsre edelsten Geschlechter?
   Wo sind die Schestunow, die Fürsten Sizki,
   Wo unsres Landes Hoffnung, die Romanow?
   Sie leiden der Verbannung herbe Qual.
   Hab nur Geduld, dich trifft das gleiche Los.
   Sag selber, sind wir nicht im eignen Hause
   Umstellt von falschen Knechten wie vom Feind?
   Verräterische Zungen überall,
   Schurken, die der Regierung sich verkauften!
   Wir hängen ab vom ersten besten Sklaven,
   Nach dessen Züchtigung der Sinn uns steht.

Da fiel's ihm ein, den Juritag zu streichen –
Nun sind wir nicht mehr Herr auf unsern Gütern.
Den Faulpelz darfst du nicht vom Hofe jagen,
Du musst ihn füttern! Keinen Fremden darfst du
Zu dir herüberlocken – das ist strafbar!
Sag, war – selbst unter Zar Iwan – dergleichen
Jemals erhört? Und hat das Volk es besser?
Frag es doch selbst! Lass diesen Schein-Zarewitsch
Ihm nur den alten Juritag versprechen,
Dann ist der Teufel los!

Schuiski: Ja, du hast recht.
Doch höre, Puschkin, über alles dies
Lass uns einstweilen schweigen.

Puschkin: Selbstverständlich
Behält man's hübsch für sich. Du bist gescheit,
Mit dir zu reden macht mir immer Freude,
Und geht mir eine Sach' im Kopf herum,
Kann ich es kaum erwarten, dir's zu sagen.
Zudem hat auch dein Bier, dein würz'ger Met
Mir heut' die Zunge so gelöst ... Doch nun
Leb wohl, mein Fürst.

Schuiski: Leb wohl, auf Wiedersehen!

Geleitet den Puschkin.

10. Szene

Palast des Zaren.
Der Zarewitsch zeichnet eine Landkarte. Die Zarewna und ihre Aufwartefrau.

Xenia: *küsst ein Miniaturbild.* Mein lieber Bräutigam, du schöner Königssohn, nicht mir bist du zu eigen geworden, deiner Braut; nein, dem dunkeln Grabe in fremder Erde. Nie werd' ich Trost finden, ewig werd' ich dich beweinen.

Aufwartefrau: Ei, Zarewna! Mädchentränen sind wie Morgentau: Die Sonne geht auf und verzehrt ihn. Du wirst einen anderen Bräutigam bekommen, der schön und leutselig sein wird; den wirst du lieb haben, holdes Kind, und wirst den Prinzen Iwan vergessen.

Xenia: Nein, Mütterchen, ich werde auch dem Toten die Treue bewahren.

Boris tritt ein.

Zar: Nun, Xenia? Nun, mein liebes, gutes Kind?
Kaum Braut und schon von Witwenschmerz gebeugt!
Noch immer weinst du um den toten Bräut'gam.
Mein Kind, das Schicksal hat mir nicht vergönnt,
Der Stifter eures Erdenglücks zu sein.
Vielleicht hab' ich des Himmels Zorn verdient,
Und er verwehrte mir, euch zu vereinen.
Doch warum musst du schuldlos leiden, Kind?
Und du, mein Sohn, was treibst du? Was ist das?

Fjodor: Von unsrem Land ein Abriss: unser Reich
Von einem End' zum andern. Hier liegt Moskau,

Hier Nowgorod, hier Astrachan. Die See hier,
Und hier die dichten Waldungen von Perm.
Das ist Sibirien.

Zar: Und was windet sich
In Schlangenlinien hier?

Fjodor: Das ist die Wolga.

Zar: Wie schön! Das ist des Lernens süße Frucht!
Du überschaust hier wie aus Wolkenhöhen
Das ganze Reich: die Grenzen, Städte, Flüsse.
Ja, lerne, lieber Sohn! Das Wissen kürzt
Uns die Erfahrungen des flücht'gen Lebens.
Es werden dermaleinst, und bald vielleicht,
Die Länder alle, deren Zeichnung du
So künstlich hier auf dem Papier entworfen,
Der Leitung deiner Hände anvertraut.
Drum lerne, lieber Sohn, du wirst dann leichter
Und klarer deine Herrscherpflicht erkennen.

Semjon Godunow tritt ein.

Sieh, da kommt Godunow mit einer Meldung.
Zu Xenia. Mein Herzenskind, geh jetzt in dein Gemach,
Gehab dich wohl, es tröste dich der Herr.

Xenia geht mit der Aufwartefrau ab.

Was bringst du mir, Semjon Nikitisch?

S. Godunow: Heute
In aller Früh' kam Fürst Wassilis Schaffner
Nebst Puschkins Diener zu mir, zu berichten.

Zar: Nun?

S. Godunow: Puschkins Diener meldete, dass gestern
Ganz früh aus Krakau ein Kurier ins Haus
Gekommen und nach einer Stunde schon
Zurückritt ohne schriftlichen Bescheid.

Zar: Man nehm ihn fest!

S. Godunow: Er wird bereits verfolgt.

Zar: Was ist mit Schuiski?

S. Godunow: Er bewirtete
Die Freunde gestern, beide Miloslawski,
Die Buturlin, Michailo Saltykow
Und Puschkin, und noch einige andre mehr.
Man trennte sich erst spät. Puschkin allein
Blieb bei dem Herrn des Hauses noch zurück
Und hatte noch mit ihm ein lang Gespräch.

Zar: Schuiski soll augenblicklich kommen.

S. Godunow: Herr,
Er wartet draußen.

Zar: Rufe ihn herein. S. Godunow geht ab.
Verbindung mit Litauen? Was soll das?
Der Puschkin meuterische Sippschaft hass' ich,
Und diesem Schuiski ist auch nicht zu traun,
Er ist geschmeidig, aber kühn und schlau ...

Schuiski tritt ein.

Ich habe zwar mit dir zu reden, Fürst,
Doch scheint's, du habest selbst was vorzubringen,
Und darum will ich dich zuvor vernehmen.

Schuiski: Ja, Herr, dir wicht'ge Botschaft kundzutun,
Treibt mich die Pflicht.

Zar: Ich höre dich.

Schuiski: *leise auf den Zarewitsch deutend.* Doch, Herr ...

Zar: Wovon Fürst Schuiski Wissenschaft besitzt,
Das darf auch der Zarewitsch wissen. Sprich.

Schuiski: Aus Litauen, Herr, kam Nachricht ...

Zar: Wohl dieselbe,
Die gestern ein Kurier dem Puschkin brachte?

Schuiski: Er weiß um alles! ... Herr, ich war der Meinung,
Dass dies Geheimnis dir noch nicht bekannt sei.

Zar: Das kann dir gleich sein. Die Berichte will ich
Zusammenhalten – nur auf diese Weise
Erfahren wir die Wahrheit.

Schuiski: Herr, ich weiß
Nur, dass ein falscher Zar in Krakau auftritt,
Vom König und vom Adel unterstützt.

Zar: Was sagt man denn? Wer ist der falsche Zar?

Schuiski: Ich weiß es nicht.

Zar: Wo liegt denn die Gefahr?

Schuiski: Dein Thron, oh Zar, steht freilich fest – du hast
Durch Huld und treues Walten und durch Wohltun
Die Herzen deiner Knechte dir gewonnen.
Doch weißt du selbst: der blöde Pöbel ist
Veränderlich, rebellisch, abergläubisch,
Er überlässt sich eitler Hoffnung gern,

Gehorcht der Eingebung des Augenblicks,
Ist gegen Wahrheit taub und unempfänglich
Und saugt aus Fabeln seine liebste Nahrung.
Ein dreistes Wagen sagt ihm immer zu –
Darum, hat dieser unbekannte Strolch
Litauens Grenze einmal überschritten,
So treibt Dimitris auferstandner Name
Die Narren ihm in hellen Haufen zu.

Zar: Was sagst du da? Dimitris, jenes Knaben?
Dimitris? Wie? ... Mein Sohn, lass uns allein.

Schuiski: Er ward ganz rot ... Es ist ein Sturm im Anzug.

Fjodor: Herr, darf ich nicht? ...

Zar: Nein, Sohn, es geht nicht, lass uns ...
Fjodor geht ab. Dimitris! ...

Schuiski: Ah! Er hat von nichts gewusst.

Zar: Hör, Fürst: Maßregeln sind sofort zu treffen,
Russland ist gegen Litau'n abzusperren
Durch dichte Posten; es darf keine Seele
Die Grenze überschreiten, ja kein Hase
Aus Polen darf herüber, keine Krähe
Von Krakau hierher fliegen. Geh ans Werk.

Schuiski: Sogleich.

Zar: Halt, noch etwas. Nicht wahr, die Nachricht
Ist spaßhaft? Hast du jemals schon gehört,
Dass Tote aus den Gräbern auferstehn,
Um Zaren vor Gericht zu stellen – Zaren,
Die sich das Volk gesetzt hat und erwählt

Und die der heil'ge Patriarch gesalbt?
Das ist zum Lachen, wie? Was lachst du nicht?

Schuiski: Ich, Herr? ...

Zar: Noch eine Frage, Fürst Wassili.
Als ich damals erfuhr, dass man den Knaben ...
Dass dieser Knabe umgekommen sei,
Schickt' ich dich hin, den Fall zu untersuchen.
Im Namen Gottes jetzt und bei dem Kreuze
Beschwör' ich dich, die Wahrheit zu gestehn:
Hast den erschlagnen Knaben du erkannt?
Fand nicht Vertauschung statt? Gib Antwort!

Schuiski: Herr,
ich schwöre dir ...

Zar: Nein, Schuiski, schwöre nicht,
Sag einfach: Der Zarewitsch war es!

Schuiski: Ja!

Zar: Bedenk es, Schuiski. Ich will gnädig sein –
Ich will nicht frühre Lüge durch die Acht,
Die nichts mehr fruchtet, strafen. Aber wenn
Du jetzt mich hintergehst – beim Haupt des Sohnes
Schwör' ich's –, dann trifft so harte Strafe dich,
Dass selbst der Zar Iwan Wassiljewitsch
In seinem Grab erzittert vor Entsetzen.

Schuiski: Mich schreckt die Strafe nicht, mich schmerzt dein Zürnen!
Wie dürft' ich's wagen, falsch vor dir zu sein?
Und hätt' ich wohl so grob mich täuschen können,
Dass ich Dimitri nicht erkannt? Drei Tage

Besucht' ich in der hohen Kathedrale
Den Leichnam, von der ganzen Stadt begleitet.
Es lagen dreizehn Tote um ihn her,
Die in der Wut das Volk zerrissen hatte,
Und sie begannen merklich zu verwesen.
Doch des Zarewitsch kindlich Antlitz blieb,
Wie eines Schlummernden, frisch, klar und ruhig.
Es war die tiefe Wunde nicht geronnen,
Es hatten sich die Züge nicht verändert;
Nein, Herr, es leidet keinen Zweifel. Dimitri
Liegt tot im Sarg.

Zar: Genug, du kannst jetzt gehn.

Schuiski geht ab.

Oh, wie mir schwer ist. Ich muss Atem schöpfen!
Ich hab' es wohl gefühlt, dass alles Blut
Mir ins Gesicht schoss und nur langsam wich.
Das also war's, warum ich dreizehn Jahre
Im Traum stets das blut'ge Kind gesehn?
Ja, ja, das ist's! Jetzt erst versteh' ich's ganz.
Wer aber ist denn dieser Widersacher?
Wer droht mir denn? Ein leerer Nam', ein Schatten.
Entreißt ein Schatten wohl mir meinen Purpur?
Und raubt ein Schall ihr Erbe meinen Kindern?
Tor, der ich bin! Was bringt mich so in Schrecken?
Ein Hauch auf dies Gespenst, und es verschwindet!
So sei's! Ich werfe jede Furcht von mir!
Doch heischt die Klugheit, nichts gering zu achten.
Schwer lastest du, oh Krone Monomachs!

11. Szene

Krakau. Haus Wischnewezkis.
Der falsche Dimitri und Pater Tschernikowski.

Dimitri: Nein, würd'ger Pater, schwierig wird's nicht sein.
Ich kenne meines Volkes Geist genau:
Frei ist sein Glauben von fanat'scher Wut,
Und heilig ist ihm seines Zaren Beispiel;
Auch ist ja Duldsamkeit gelassnen Sinns.
Noch eh' zwei Jahr' vergehn, des bin ich Bürge,
Wird Russland und die ganze nördliche Kirche
Des röm'schen Stuhles Hoheit anerkennen.

Pater: Es steh dir bei der heilige Ignatius,
Wenn einmal andre Zeiten kommen werden.
Inzwischen aber birg in deinem Busen
Des Himmelssegens Aussaat, edler Prinz.
Uns zu verstellen vor der blöden Welt,
Wird oft für uns ein geistliches Gebot.
Die Menschen richten, was man sagt und tut,
Die Absicht aber sieht nur Gott allein.

Dimitri: Amen. Wer kommt? *Ein Diener tritt ein.*
Sag nur, dass wir empfangen.

Die Türen gehen auf, eine Menge Russen und Polen treten ein.

Genossen! Morgen geht es fort aus Krakau!
Bei dir in Sambor, Mnischek, halt' ich mich
Drei Tage auf; ich weiß, dein gastlich Schloss
Glänzt nicht allein durch seine edle Pracht!
Weit höhern Ruhm verleiht ihm seine Wirtin.
Die reizende Marina hoff ich dort

Zu sehn. Ihr aber, meine Freunde, Polen
Und Russen, die das Banner brüderlich
Erhoben gegen den gemeinsamen Feind,
Der mich voll Arglist zu vernichten trachtet –
Ihr Slawensöhne! Eure grimmen Scharen
Führ' ich nun bald in den ersehnten Kampf.
Doch seh' ich hier Gesichter, die mir neu.

Gawrila Puschkin: Sie kamen, um in deinem Dienst das Schwert,
Wenn du's vergönnst, zu führen.

Dimitri: Freut mich, Kinder.
Zu mir, ihr Freunde! Aber sag mir, Puschkin,
Wer ist der schöne Jüngling dort?

Puschkin: Fürst Kurbski.

Dimitri: *zu Kurbski*. Ein stolzer Name! Bist du ein Verwandter
Des Helden von Kasan?

Kurbski: Sein Sohn.

Dimitri: Er lebt noch?

Kurbski: Er starb.

Dimitri: Groß war im Feld er wie im Rat.
Doch von der Zeit ab, da man ihn gesehn
Als grimm'gen Rächer der erlittnen Kränkung
Mit Litau'ns Heer vor Olgas alter Stadt –
Vernahm man weiter nichts von ihm.

Kurbski: Mein Vater
Beschloss sein Leben in Wolhynien,
Auf Gütern, die Báthory ihm geschenkt.

Da hat er still und einsam dann gelebt
Und bei den Wissenschaften Trost gesucht.
Doch hat dies friedlich Tun ihm nicht genügt,
Stets musst' er seiner Jugend Heimat denken
Und sehnte sich nach ihr bis an sein Ende.

Dimitri: Beklagenswerter Feldherr du! Wie strahlte
Der Anfang deines sturmbewegten Lebens!
Ich freue mich, mein hochgeborner Kämpe,
Dass sich dem Vaterland sein Blut versöhnt.
Nicht soll gedenken man der Schuld der Väter;
Friede sei ihrer Asche! Näher, Kurbski,
Reich mir die Hand! Wie seltsam! Kurbskis Sohn,
Er führt zum Throne, wen? Den Sohn Iwans!
Hold ist mir alles: Menschen und Geschick.
Und wer bist du?

Ein Pole: Sobanski, freier Schlachtschitz.

Dimitri: Sei ehrenvoll gegrüßt, du Sohn der Freiheit!
Man zahle ihm ein Drittel Sold voraus.
Doch wer sind diese? Ich erkenne ja
Die Trachten meiner Heimat. Das sind Russen.

Chruschtschow: *berührt mit der Stirn den Boden.*
So ist es, Herr, du unser Vater. Wir
Sind deine treuen, hart bedrängten Knechte.
Verbannt aus Moskau, flüchten wir zu dir,
Zu unserm Zaren, und wir sind bereit,
Für dich zu sterben! Mögen unsre Leichen
Die Stufen dir zum Herrscherthrone werden.

Dimitri: Ermannet euch, ihr schuldlos Leidenden!
Bin ich nur erst in Moskau, soll Boris,

Was er an mir und euch gesündigt, büßen.
Wie sieht's in Moskau aus?

Chruschtschow: Noch alles still.
Doch hat das Volk die Rettung des Zarewitsch
Bereits erfahren, und an allen Orten
Liest man dein Schreiben. Alles wartet deiner.
Vor wenigen Tagen wurden zwei Bojaren
Durchs Schwert getötet auf Boris' Befehl,
Weil sie bei Tisch dein Wohlsein heimlich tranken.

Dimitri: Die guten, unglücklichen Bojaren!
Doch Blut um Blut! Und weh dem Godunow!
Was hört man sonst von ihm?

Chruschtschow: Er zieht sich ganz
Zurück in seine traurigen Gemächer,
Grausam und finster ist er. Man erwartet
Noch weitere Bluturteile. Doch von Krankheit
Wird er geplagt, kaum steht er auf den Füßen,
Und man behauptet, seine letzte Stunde
Sei nicht mehr weit.

Dimitri: Als großmüt'ger Feind
Wünsch' ich dem Zaren einen schnellen Tod.
Sonst – weh dem Bösewichte! Wen gedenkt
Er wohl zu seinem Erben zu ernennen?

Chruschtschow: Noch hat er seinen Willen nicht verkündet,
Doch, meint man, soll sein junger Sohn Fjodor
Nach ihm den Thron besteigen ...

Dimitri: Möglich wär's,
Dass sich Boris hier stark verrechnet hat.
Wer bist du?

Karela: Ein Kosak, zu dir gesandt
Vom freien Kriegervolk, den tapfern Hetmans
Vom obern und vom untern Don, zu schauen
In deine Herrscheraugen und zu melden,
Dass ihre Häupter dir zu Diensten stehen.

Dimitri: Den Don kenn' ich und habe nie gezweifelt,
Den Reiherbusch in meinem Heer zu sehn.
Wir sagen unsern don'schen Truppen Dank
Wir wissen, ungerechten Zwang erduldet
Heut' der Kosak, er wird verfolgt, bedrückt;
Doch wenn der Herr uns zu besteigen hilft
Der Väter Thron, so wollen, wie vor alters,
Wir unsern treuen freien Don bedenken.

Poet: *naht mit tiefen Verbeugungen und fasst Dimitri am Rockzipfel.*
Oh großer Prinz, durchlaucht'ger Königssohn!

Dimitri: Was wünschest du?

Poet: *überreicht ein Papier.* Nimm huldreich an, oh Herr,
Des dienstbeflissnen Strebens arme Frucht.

Dimitri: Was seh' ich, ein lateinisches Gedicht!
Gesegnet sei der Bund von Schwert und Leier!
Es schlingt um beide sich der gleiche Lorbeer.
Bin ich im Hohen Norden auch geboren,
So ist mir Latiums Muse doch nicht fremd.
Ich bin ein Freund der Blüten des Parnass
Und glaube an die Seherkraft der Dichter.
Oh. Nicht umsonst entbrennt in ihrem Busen
Die heil'ge Glut, gesegnet ist das Werk,
Das sie prophetisch im Voraus verherrlicht.
Komm näher, Freund. Zu meinem Angedenken

Nimm dies. Gibt ihm einen Ring.
Wenn sich an mir vollzogen hat
Des Schicksals Schluss, wenn ich der Väter Krone
Aufs Haupt mir setze, hoff ich Siegeshymnen
Von deiner Stimme Wohllaut zu vernehmen.
Musa gloriam coronat, gloriaque musam.
Und so, ihr Freunde, lebt bis morgen wohl!

Alle: Ins Feld, ins Feld! Dimitri Heil und Sieg!
Der große Fürst von Moskau lebe hoch!

12. Szene

Schloss des Wojewoden Mnischek in Sambor.
Eine Reihe erleuchteter Zimmer. Musik. Wischnewezki. Mnischek.

Mnischek: Mit keiner spricht er als mit meiner Tochter,
Und nur Marina ist's, die ihn beschäftigt ...
Das lässt sich ja ganz hochzeitsmäßig an.
Nun, hast du je gedacht, sag, Wischnewezki,
Dass meine Tochter Zarin werden könnte?

Wischnewezki: Ja, wunderbar! Und dachtest du wohl, Mnischek,
Mein Reitknecht würde Moskaus Thron besteigen?

Mnischek: Was sagst du nur zu meiner Tochter, Freund?
Kaum raunte ich ihr zu: »Nun, Kind, gib acht,
Dimitri lass nicht los!« Und siehe da,
Es ist getan! Er ist in ihren Netzen!

Die Musik spielt eine Polonaise. Dimitri tritt mit Marina an.

Marina: *leise zu Dimitri.* Ja, in dem Lindengange, morgen
Abend
Um elf Uhr find' ich mich am Springbrunn ein.

Sie gehen vorüber. Neues Paar.

Kavalier: Was hat er nur an ihr gefunden?

Dame: Wie?
Sie ist doch schön.

Kavalier: Ja, eine Marmornymphe.
Die Augen, Lippen – leblos, ohne Lächeln ...

Anderes Paar.

Dame: Schön ist er nicht, doch von gefäll'gem Äußern;
Wohl sieht man, dass er königlichen Blutes. Neues Paar.

Dame: Wann geht's ins Feld?

Kavalier: Wenn der Zarewitsch ruft.
Wir sind bereit – doch scheint es, Panna Mnischek
Hält den Zarewitsch hier samt uns gefesselt.

Dame. Die Fessel lässt sich tragen ...

Kavalier: Ja, wenn Ihr ...

Man trennt sich, die Zimmer werden leer.

Mnischek: Wir Alten sind nicht mehr auf Tanz gerichtet,
Es lockt uns nicht die rauschende Musik;
Auf zarte Minne haben wir verzichtet,
Doch lächelte auch uns einmal das Glück.
Jetzt ist es nicht mehr wie in unsern Zeiten,
Die heut'ge Jugend ist nicht mehr so kühn,
Der Schönheit Wangen scheinen matt zu glühn,

Die rechte Freude fehlt – wer wird's bestreiten?
Doch gehen wir, mein alter Kriegsgenoss.
Ein Fläschchen Ungar, worauf Gras schon spross,
Erwartet uns. Lass uns den Hals ihm brechen
Und dann im stillen Winkelchen, zu zwein,
Den öligduft'gen Labetrank verzechen,
Dabei fällt einem dies und jenes ein.
Komm, Bruder!

Wischnewezki: Ja, mein Freund, so soll es sein.

13. Szene

Nacht. Garten, Springbrunnen.
Dimitri. Marina.

Dimitri: *tritt auf.* Da ist der Springbrunn – hierher will sie kommen.
Mir ist doch wahrlich Furcht nicht angeboren;
Ins Auge hab' ich schon dem Tod geschaut
Und habe vor dem Tode nicht gezittert,
Mir drohte ewige Gefangenschaft,
Verfolgt, verlor ich meine Fassung nicht,
Durch kecken Mut entrann ich der Verhaftung.
Was ist es, das mir jetzt den Atem zuschnürt?
Was soll dies unbezwingliche Erbeben?
Ist es das Zittern glühenden Verlangens?
Nein, es ist Furcht! In banger Spannung hab' ich
Den ganzen Tag dies Stelldichein erwartet,
Wohl überdacht, was ich ihr sagen wollte,
Um ihre stolze Seele zu bezaubern,

Bis ich sie Moskaus Zarin nennen würde.
Die Stund' ist da, und alles ist vergessen,
Ich finde nicht die wohlgemerkten Worte –
Die Leidenschaft verwirrt mir die Gedanken.
Doch sieh, da blitzt was – horch, es rauscht was auf.
Nein, es war nur des Mondes trügrisch Licht,
Und nur ein Luftzug strich hier durch.

Marina tritt auf.

Marina: Zarewitsch!

Dimitri: Sie ist's. Es stockt das Blut mir in den Adern.

Marina: Seid Ihr's, Dimitri?

Dimitri: Süße Zauberstimme! Nähert sich.
So bist du endlich da? Ich sehe dich
Allein mit mir im Schatten stiller Nacht!
Wie zögernd strich der lange Tag dahin!
Wie zögernd nur erlosch das Abendrot!
Wie lang hab' ich geharrt im nächt'gen Dunkel!

Marina: Die Stunden rinnen, meine Zeit ist kostbar.
Ich habe die Zusammenkunft gewünscht,
Doch nicht um süße Reden anzuhören
Vom Liebenden. Der Worte braucht es nicht.
Du liebst – ich glaub' es; aber höre mich!
Mit deinem stürmischen, unsichern Lose
Will ich mein Los verbinden – aber eins
Muss ich dafür, Dimitri, von dir fordern!
Ich fordere, dass du jetzt mir anvertraust
Des innersten Gemütes Hoffnungen,
Entschlüsse – ja, und selbst Befürchtungen;
Womit ich Hand in Hand mit dir mich kühn

Ins Leben wag', nicht blindlings wie ein Kind,
Nicht als leichtsinn'ger Manneswünsche Sklavin,
Als deine stumme Bettgenossin – nein!
Als deiner würdige Gattin und Gehilfin
Will ich den Thron von Moskau mit dir teilen.

Dimitri: Oh lass auf eine Stunde nur vergessen
Mich meines Schicksals unruhvolle Sorgen!
Vergiss du selber, dass es der Zarewitsch,
Der zu dir spricht! Marina, sieh in mir
Nichts mehr als den Geliebten deiner Wahl,
Für den ein Blick von dir schon Seligkeit.
Vernimm der Liebe Flehn und gönne mir
Zu sagen alles, was mein Herz erfüllt!

Marina: Es ist die Zeit nicht, Fürst. Du zauderst hier,
Indes der Freunde Eifer dir erkaltet,
Mit jeder Stunde wird Gefahr und Mühe
Gefährlicher nur noch und mühevoller.
Schon gehn bedenkliche Gerüchte um,
Schon drängt sich Neuigkeit auf Neuigkeit,
Und Godunow ist schon am Werk ...

Dimitri: Was frag' ich
Nach Godunow? Liegt denn in seiner Hand
Mein einz'ges Glück auf Erden, deine Liebe?
Oh nein, oh nein! Gleichgültig schau' ich jetzt
Auf seinen Thron, auf die Gewalt des Herrschers.
Oh deine Liebe – was ist ohne sie
Mir Leben, Ruhm, was Russlands Zarenreich?
In öder Steppe, in der ärmsten Hütte
Ersetzest du die Zarenkrone mir.
Oh deine Liebe ...

Marina: Schäme dich, vergiss
Nicht deinen hohen, heiligen Beruf!
Es muss dein Rang von höhrem Werte dir
Als jede Erdenlust und Freude sein;
Nichts andres darf sich dir mit ihm vergleichen.
Dem Jüngling nicht, der leidenschaftlich schwärmt,
Den meiner Reize Macht in Fesseln schlug,
Reich' ich, das wisse, feierlich die Hand –
Oh nein, dem Erben nur des Throns von Moskau,
Dem Zarensohn, den das Geschick bewahrte!

Dimitri: Oh quäl mich nicht, liebreizende Marina,
Sag nicht, dass meinen Rang und nicht mich selbst
Du dir erwählt. Du weißt es nicht, Marina!
Wie tief du mir das Herz damit verwundest –
Wie, wenn ich nun ... Oh grauenhafter Zweifel! ...
Sag, wenn nun nicht die fürstliche Geburt
Das blinde Schicksal mir beschieden hätte –
Wenn ich nun nicht der Sohn des Zaren wäre,
Nicht jener von der Welt vergessne Jüngling –
Sag, würdest du mich dann auch lieben können?

Marina: Du bist Dimitri, kannst kein andrer sein!
Ich liebe keinen andern.

Dimitri: Nein! Genug!
Mit einem Toten mag ich die Geliebte
Nicht teilen, die nur ihm gehören will!
Nein, länger heuchl' ich nicht. Die ganze Wahrheit
Will ich dir sagen: Wisse, dein Dimitri
Ist längst begraben und steht nicht mehr auf.
Und willst du wissen, wer ich selber bin?
So hör es denn: ein armer, niedrer Mönch!

Der Sklaverei des Klosters überdrüssig,
Entwarf ich in der Kutte meinen Anschlag,
Der eine Welt in Staunen setzen sollte.
Aus meiner Zelle bin ich dann entflohn
In ein ukrainisches Kosakendorf.
Da lernt' ich reiten und den Säbel führen –
Kam dann hierher und nannte mich Dimitri
Und täuschte so die hirnverbrannten Polen.
Was sagst du nun, hoffärtige Marina,
Bist du mit meiner Beichte wohl zufrieden?
Du sagst kein Wort?

Marina: Oh Schmach! Oh wehe mir! *Schweigen.*

Dimitri: *für sich.* Wozu hat mich der Unmut hingerissen!
Das künstliche Gebäude meines Glücks
Hab' ich vielleicht für alle Zeit zertrümmert.
Was tat ich Rasender?! Laut. Ich sehe, sehe,
Du schämst der Liebe des Unwürd'gen dich!
So sprich denn das verhängnisvolle Wort;
In deinen Händen ruht jetzt mein Geschick;
Ich warte, sprich! *Wirft sich ihr zu Füßen.*

Marina: Erhebe dich, du armer
Betrüger! Glaubst du etwa, durch den Kniefall
Mein eitles Herz zu rühren, als gehört' es
Einem vertrauensseligen, schwachen Mädchen?

Du irrst dich, Freund, zu meinen Füßen sah
Ich edle Ritter, hochgeborne Grafen,
Und ihre Bitten wies ich kalt zurück,
Doch nicht, um einen flücht'gen Bettelmönch ...

Dimitri: *steht auf.* Verachte nicht den jungen Gegenzar;
Es schlummern in ihm Kräfte, die vielleicht
Des Zarenthrons von Moskau würdig sind
Und würdig deiner Hand, der unschätzbaren ...

Marina: Der Schmach des Galgens würdig, Unverschämter!

Dimitri: Wohl trifft mich Schuld; vom Übermut geblendet,
Log ich vor Gott und vor den Königen.
Die Welt belog ich. Doch nicht dir, Marina,
Gebührt's zu strafen: Rein bin ich vor dir,
Denn dich zu täuschen hab' ich nicht gewagt.
Du warst für mich das einz'ge Heiligtum,
Mit dem ich falsches Spiel nicht treiben konnte.
Ja, blinde Liebe, eifersücht'ge Liebe
Hat mich allein gezwungen, alles dir
Zu sagen.

Marina: Womit prahlt er nur, der Tor!
Wer hat dies Eingeständnis denn verlangt?
Wenn dir's gelang, Landstreicher ohne Namen,
Zwei große Völker seltsam zu verblenden,
So musstest du, das durfte man erwarten,
Wert bleiben deines glücklichen Erfolgs
Und sicherstellen die verwegne Täuschung
Durch ein hartnäckig tiefes, ew'ges Schweigen.
Kann ich mich dir vertrauen, sage selbst,
Kann ich, vergessend Herkunft, Mädchenscham,
Mein Schicksal mit dem deinigen verbinden,
Wenn du mit solchem Leichtsinn, solcher Einfalt
Die eigne Schande selber offenbarst?
Er hat aus Liebe sich mit mir verplaudert!
Da wundert's mich nur, dass du meinem Vater

Aus Freundschaft dich bisher noch nicht entdecktest
Oder dem König Sigismund vor Freude!
Vielleicht auch noch dem edlen Wischnewezki
Aus Dankbarkeit des treu ergebnen Knechtes!

Dimitri: Ich schwöre dir, dass du allein vermochtest,
Dem Herzen dies Geständnis auszupressen –
Ich schwöre dir, dass nimmermehr und nirgends,
Beim Schmause nicht, beim schäumenden Pokal,
Noch auch in trauter Zwiesprach' unter Freunden,
Nicht unterm Dolch, nicht unter Folterqualen
Die Zunge mein Geheimnis je verrät!

Marina: Du schwörst es mir, und also muss ich's glauben.
Ich glaube dir! Doch darf man wohl erfahren,
Wobei du schwörst? Schwörst du beim Namen Gottes,
Als frommer Pflegesohn der Jesuiten?
Bei deiner Ehre, wie ein edler Ritter?
Vielleicht auch nur bei deinem Zarenwort,
Als Zarensohn? Ist es nicht so? Gib Antwort!

Dimitri: *stolz*. Mich schuf zum Sohn der Geist des strengen Zaren,
Im Grab hat er Dimitri mich genannt,
Erregte rings um mich der Völker Scharen
Und gab den Godunow in meine Hand.
Ich bin der Sohn des Zaren. Schmachvoll wär's,
Vor einer stolzen Polin sich zu beugen!
Wir sind getrennt. Das blut'ge Spiel des Kriegs,
Der Sorgen Fülle, die mein Los mir weckt,
Das alles, hoff ich, dämpft den Liebesschmerz.
Wie ich dich bitter hassen werde, wenn
Die Glut der schnöden Leidenschaft erlosch!

Jetzt geh' ich. Ob Verderben oder Krone
In Russland meines Hauptes harren mögen –
Find' ich den Tod in ehrenvoller Schlacht,
Find' ich ihn auf dem Block als Missetäter –
Du wirst mir nimmermehr Gefährtin sein.
Doch könnt' es kommen, dass dich Reu' ergreift
Um das Geschick, das du zurückgewiesen.

Marina: Und wenn ich nun dein freches Lügenspiel
Vor aller Welt vorzeitig offenbare?

Dimitri: Du meinst doch nicht, dass ich dich fürchte? Glaubst
Du etwa, dass man einem Polenmädchen
Mehr traut als einem russischen Zarewitsch?
So wisse denn, dass König, Papst und Adel
Nach meiner Worte Wahrheit gar nicht fragen.
Was kümmert's sie, ob ich Dimitri bin?
Ich bin der Vorwand nur zu Krieg und Hader;
Darum nur ist's zu tun, und dich, Rebellin,
Das glaube mir, wird man schon schweigen lehren.
Leb wohl denn!

Marina: Halt, Zarewitsch. Endlich hör' ich
Die Stimme eines Mannes, keines Knaben.
Sie ist es, Fürst, die mich mit dir versöhnt.
Vergessen hab' ich deine wilde Torheit,
Ich seh' Dimitri wieder. Aber höre,
Es drängt die Zeit! Erwache, zögre nicht!
Führ gegen Moskau ungesäumt das Heer,
Befrei den Kreml, besteige Moskaus Thron –
Dann lass mich zum Altar zu dir entbieten!
Doch dies hört Gott: Solange nicht dein Fuß
Sich auf des Thrones Stufen sicher stützt,

So lange Godunow noch nicht gestürzt ist,
Mag ich von dir kein Wort der Liebe hören.

Geht ab.

Dimitri: Nein, lieber schlag' ich mich mit Godunow
Und messe mich mit schlauen Jesuiten
Als mit dem Weib! Der Teufel mag sie holen!
Das kriecht heran und krümmt und windet sich,
Entschlüpft der Hand und zischt und droht und sticht.
Oh Schlange, Schlange! Meine Angst war nicht
Umsonst – verloren war ich um ein Haar.
Entschlossen bin ich: Morgen geht's ins Feld.

14. Szene

Litauische Grenze (1604, 16. Oktober).
Fürst Kurbski und Dimitri, beide zu Pferde; die Truppen nähern sich der Grenze.

Kurbski: *sprengt voran.*
Da ist sie, da! Das ist die russische Grenze!
Oh heil'ges Vaterland, jetzt bin ich dein!
Den Staub der Fremde schüttl' ich von den Kleidern
Verächtlich ab; ich schlürfe neue Luft,
Der Heimat Luft! Oh jetzt wird deine Seele
Trost finden, Vater, und im Grabe noch
Erfreut sich dein geächtetes Gebein!
Hell blinket wieder unsrer Ahnen Schwert,
Das Heldenschwert, vor dem Kasan gezittert,
Das gute Schwert, das Moskaus Zaren dient!

Bald wird es sich im wilden Tanze schwingen
Für unser aller Hoffnung, unsern Herrn!

Dimitri: *reitet langsam, gesenkten Hauptes.*
Wie glücklich ist er! Wie die reine Seele
In Freude und in Ruhmbegierde lodert!
Mein Kämpe, ich beneide dich! Der Sohn
Des Kurbski, in der Fremde aufgewachsen,
Vergisst die Kränkung, die der Vater litt,
Tilgt seine Schuld noch übers Grab hinaus;
Dein Blut zu lassen für den Sohn Iwans
Bist du bereit und bringst den rechten Zaren
Zurück auf vaterländ'schen Boden. Wohl
Mag deine Seele jauchzen vor Entzücken.

Kurbski: Und ist denn dein Gemüt nicht auch erfreut?
Sieh, da ist unser Russland – es ist dein!
Dort harren dein die Herzen deines Volks,
Dein Moskau, dein gewalt'ger Kreml, dein Reich.

Dimitri: Oh Kurbski, russisch Blut wird fließen müssen!
Ihr kämpft für euren Zaren, ihr seid rein –
Ich aber führ' euch gegen meine Brüder,
Litauen rief ich gegen Russland auf,
Den Weg zeig' ich dem Feind zum heil'gen Moskau!
Doch nicht auf mein Haupt falle meine Sünde,
Sie fall auf dich, Boris, du Zarenmörder!
Vorwärts!

Kurbski: Vorwärts! Und weh dem Godunow!

Sie sprengen fort. Die Truppen überschreiten die Grenze.

15. Szene

Ratsversammlung beim Zaren.
Der Zar; der Patriarch; die Bojaren.

Zar: Ist's möglich? Dieser ausgestoßne Mönch
Führt gegen uns verbrecherische Scharen?
Erfrecht sich, uns zu schreiben und zu drohn?
Zeit ist es, diesen Rasenden zu dämpfen!
Auf denn, du, Trubezkoi, und du, Basmanow,
Bringt Hilfe meinen treuen Wojewoden:
Tschernigow ist bedrängt von den Empörern,
Rettet die Stadt und ihre Bürger!

Basmanow: Herr,
Es sollen nicht drei Monate verstreichen,
Und keiner spricht mehr von dem Afterzar.
Wir bringen ihn in einem Eisenkäfig
Nach Moskau wie ein fremdes, wildes Tier.
Das schwör' ich dir. Geht ab mit Trubezkoi.

Zar: Mir hat der schwedische König
Ein Bündnis angetragen durch Gesandte;
Doch wir bedürfen fremder Hilfe nicht.
Wir haben selber streitbar Volk genug,
Verräter abzuwehren und die Polen:
Ich lehnte ab. Schtschelkalow, fertige
Befehle ab an alle Wojewoden,
Dass sie zu Pferde steigen und die Leute
Zum Dienste stellen nach dem alten Brauch.
Auch sind in allen Klöstern auszuheben
Die Laienbrüder. Zwar in frühern Zeiten,
Wenn von Gefahr das Vaterland bedroht war,

Da zogen selbst die Mönche in die Schlacht;
Doch lassen wir sie dieses Mal verschont,
Sie mögen für uns beten. Also lautet
Des Zaren Wunsch und der Bojaren Wahrspruch.
Nun liegt noch eine wicht'ge Frage vor.
Euch ist bekannt, dass dieser freche Lügner
Arglistige Gerüchte ausstreun lässt;
Es haben Schriften, die er ausgehn ließ,
Unruhe überall gesät und Zweifel.
Empörung führt das Wort auf offnem Markt,
Die Geister gären – Einhalt muss man tun –
Ich möchte Strafen gern entbehrlich machen;
Doch wie? Wodurch? Das lasst uns jetzt erwägen.
Du, frommer Vater, sag zuerst die Meinung.

Patriarch: Gepriesen sei der Höchste, der den Sinn
Der Gnade und barmherz'ger Langmut pflanzte
In deine Seele, großer Herr und Zar!
Du willst der Fehlenden Verderben nicht.
Still wartest du, ob die Verirrung weiche;
Sie weichet, und der ew'gen Wahrheit Sonne
Bestrahlet alle. Ich, demüt'ger Priester,
In Dingen dieser Welt ein schlechter Richter,
Auf dein Geheiß erheb' ich meine Stimme.
Der Höllensohn, der abgefallne Mönch,
Gibt vor dem Volk sich für Dimitri aus.
Mit des Zarewitsch Namen hat er frech
Wie mit gestohlnem Messrock sich gedeckt:
Man reiße ihm den Rock nur von den Schultern,
So steht er nackt in seiner Schande da.
Es beut Gott selbst ein Mittel uns dazu.
Denn wisse, Herr, sechs Jahre ist es her –

Es war das Jahr, als dich der Herr gesegnet,
Die Zarenkrone auf dein Haupt zu legen –,
Da kam einmal in abendlicher Stunde
Zu mir ein schlichter Hirte, schon betagt,
Und kündete mir wundervolle Mär.
»In jungen Jahren«, sprach er, »ward ich blind
Und konnte Tag von Nacht nicht unterscheiden
Bis an mein Alter: denn vergeblich hatt' ich
In Kräutern Heil gesucht und Zaubersprüchen,
Vergeblich war ich in den heil'gen Klöstern,
Die großen Wundertäter zu verehren,
Vergeblich netzte ich die dunkeln Augen
Mit kräft'gem Wasser aus geweihten Brunnen –
Es sandte mir der Herr Genesung nicht.
Da gab ich endlich alle Hoffnung auf,
Gewöhnte mich an meine Nacht und konnte
Der Dinge Bilder auch im Traum nicht schauen,
Mir träumte nur von Tönen. Einst, als ich
Fest schlief, vernahm ich eine Kinderstimme,
Die sprach: ›Erwache, Alter, mach dich auf
Nach Uglitsch in die Kirche zur Verklärung.
Da sprich an meinem Grabe ein Gebet,
Gnädig ist Gott, und ich will dich erlösen.‹
›Wer aber bist du?‹, fragte ich die Stimme.
›Dimitri bin ich, der Zarewitsch. Gott
Nahm mich in seine Engelscharen auf,
Und große Wunder kann ich jetzt bewirken.
Geh, Alter.‹ Da erwachte ich und dachte:
Vielleicht will wirklich Gott in seiner Gnade
Mir eine späte Heilung noch gewähren;
Gehn will ich – und ich tat die weite Reise.

Ich kam nach Uglitsch, ich betrat sogleich
Das Haus des Herrn und hörete die Messe,
In meiner Seel' entbrannte fromme Rührung:
Ich weinte süß, mir war's, als ob die Blindheit
Mit meinen Tränen von den Augen floss.
Als sich das Volk entfernte, sagte ich
Zu meinem Enkel: ›Führe mich ans Grab
Dimitris, des Zarewitsch.‹ Und der Knabe
Führte mich hin, und kaum hatt' ich am Grabe
Ein fromm Gebet in Andacht still verrichtet,
Da sahen meine Augen – ich gewahrte
Das Gotteslicht, den Enkel und das Grab.«
Das war es, Herr, was mir der Alte kundtat.

Allgemeine Bestürzung. Während der ganzen Rede hat Boris mehrere Male das Gesicht mit dem Tuche getrocknet.

Drauf sandt' ich eigens Boten aus nach Uglitsch,
Und die erfuhren, dass viel Kranke dort
In gleicher Weise wie der alte Hirte
Heilung gefunden an Dimitris Sarg.
Nun ist mein Rat, dass in den Kreml man
Die heiligen Gebeine bringt, sie aufstellt
Im Dom Sankt Michaels. Es sieht dann klar
Das Volk den Trug des gottvergessnen Frevlers,
Und gleich wie Staub zerfällt der Hölle Macht.

Schweigen.

Fürst Schuiski: Wer, heil'ger Vater, kann des Höchsten Wege
Erforschen wohl? Ich beuge mich vor ihm.
Verwesungslosen Schlaf und Wunderkraft
Kann er verleihn dem Leichnam eines Kindes.

Doch gilt es hier, was sich das Volk erzählt,
Sorgfältig und mit Ernst zuvor zu prüfen;
Und dürfen wir an solche hohe Dinge
In stürm'scher Zeit, wo Aufruhr drohet, denken?
Wird man nicht sagen, dass wir Heiliges
Voll Frevelmut für uns zur Waffe schmieden?
Auch so schon schwankt das Volk in seinem Wahn,
Auch so schon will das Schwatzen nicht verstummen.
Durch so bedeutungsschwere Kunde darf
Man die Gemüter nicht noch mehr erregen.
Wohl seh' ich ein, man muss zuschanden machen
Das Märchen, das der Mönch verbreitet hat –
Doch andre, einfachere Mittel gibt es.
Wenn du's gestattest, Herr, so will ich selbst
Auf offnem Markt hintreten vor das Volk,
Beschwichtigen die Tollheit durch mein Wort,
Aufdecken des Landstreichers bösen Trug.

Zar: So soll es sein. Du, Vater Patriarch,
Begleitest mich in mein Gemach, denn heute
Bedarf ich deines Zuspruchs. *Er geht, ihm folgen die Bojaren.*

Ein Bojar *leise zum andern*: Sahst du, wie
Der Zar erbleichte, wie in großen Tropfen
Der kalte Schweiß von seiner Stirne rann?

Zweiter: Ich muss gestehn, ich wagte kaum zu atmen,
Geschweige denn das Auge aufzuschlagen.

Erster: Der Schuiski half ihm durch. Ein feiner Kopf!

16. Szene

Ebene bei Nowgorod Sewerski (1604, 21. Dezember).
Schlacht

Soldaten: *in regelloser Flucht.* Weh, weh! Der Zarewitsch! Die Polen! Sie kommen! Sie kommen!

Die Hauptleute Margeret und Walter Rosen treten auf.

Margeret: Wohin? Wohin? Allons ... mack fort ßurück!

Ein Flüchtling: Mach selbst ßurück, wenn du Lust hast, verfluchter Heide.

Margeret: Quoi! Quoi?

Ein anderer: Kwa! Kwa! Ja, du möchtest den russischen Zarewitsch wohl anquaken, du ausländischer Frosch; wir aber sind rechtgläubig.

Margeret: Qu'est-ce à dire recktklaubik? ... Sacrés gueux, maudite canaille! Mordieu, mein Herr, j'enrage: on dirait que ça n'a pas de bras pour frapper, ça n'a que des jambes pour foutre le camp.

Rosen: Es ist eine Schande.

Margeret: Ventre-saint-gris! Je ne bouge plus d'un pas – puisque le vin est tiré, il faut le boire. Qu'en dites-vous, mein Herr?

Rosen: Sie haben recht.

Margeret: Tudieu, il y fait chaud! Ce diable de Samozvanetz, comme ils l'appellent, est un bougre, qui a du poil au cul. Qu'en pensez-vous, mein Herr?

Rosen: Oh ja!

Margeret: He! Voyez donc, voyez donc! L'action s'engage sur les derrières de l'ennemi. Ce doit être le brave Basmanow, qui aurait fait une sortie.

Rosen: Ich glaub' es auch.

Deutsche treten auf.

Margeret: Ha, ha! Voici nos Allemands. Messieurs! Mein Herr, dites-leur donc de se rallier et, sacrebleu, chargeons!

Rosen: Sehr gut. Halt! Die Deutschen ordnen sich. Marsch!

Die Deutschen: Hilf, Gott! Kampf, die Russen fliehen abermals.

Die Polen: Sieg! Sieg! Es lebe der Zar Dimitri!

Dimitri: *zu Pferde.* Zum Rückmarsch blasen! Wir haben gesiegt. Es ist genug, schont russisches Blut. Gebt das Signal!

Trompeten und Trommeln.

17. Szene

Platz vor der Kathedrale in Moskau.
Volk.

Einer: Wird der Zar bald aus der Kirche kommen?

Zweiter: Die Messe ist aus, man spricht das Gebet.

Erster: Nun? Haben sie den schon verflucht?

Zweiter: Ich stand in der Vorhalle und hörte den Diakonus schreien: »Grischka Otrepjew – Anathema!«

Erster: Sollen sie ihn nur verfluchen. Der Zarewitsch hat mit Otrepjew nichts zu schaffen.

Zweiter: Ja, dem Zarewitsch singen sie das ewige Gedächtnis.

Erster: Ewiges Gedächtnis einem Lebenden! Sie werden es schon noch büßen, die Gottlosen.

Dritter: St! Woher der Lärm? Ist es nicht der Zar?

Vierter: Nein, es ist der Narr.

Der Idiot Nikolka tritt ein, eine Eisenkappe auf dem Kopf, mit Ketten behängt und von Gassenjungen umringt.

Gassenjungen: Nikolka, Nikolka, Eisenkapp'! Trrrr –

Eine alte Frau: Packt euch fort, ihr Teufelsbrut! Bete für mich Sünderin, du Gesegneter.

Idiot: Gib, gib, gib eine Kopeke!

Alte: Da hast du eine Kopeke; gedenke mein.

Idiot: *setzt sich auf den Boden und singt.*

> Der Mond fährt,
> Das Kätzchen weint,
> Nikolka, steh auf,
> Bete zu Gott!

Die Gassenjungen umringen ihn wieder.

Einer der Buben: Guten Tag, Nikolka, warum nimmst du die Kappe nicht ab? Er schnippt auf dessen Eisenkappe. Wie das klingt!

Idiot: Und ich habe eine Kopeke.

Bube: Ist nicht wahr! – Nu, so zeig doch.

Er entreißt ihm die Kopeke und läuft weg.

Idiot: *weint.* Sie haben mir meine Kopeke genommen, sie tun dem Nikolka Leid an.

Volk: Der Zar, der Zar kommt!

Der Zar tritt aus der Kathedrale; ein vor ihm gehender Bojar teilt Almosen an die Bettler aus. Bojaren.

Idiot: Boris, Boris! Die Buben tun dem Nikolka Leid an.

Zar: Man geb ihm ein Almosen. Worüber weint er?

Idiot: Die Buben tun mir Leid an … Lass sie abschlachten, wie du den jungen Zarewitsch geschlachtet hast.

Bojaren: Fort, du Narr! Ergreift den Narren!

Zar: Lasst ihn. Bete für mich, armer Nikolka. Geht weiter.

Idiot: *ihm nachrufend.* Nein, nein! Man kann nicht beten für den Zaren Herodes: Die Mutter Gottes will es nicht haben.

18. Szene

Sewsk.
Dimitri, umgeben von seinem Gefolge.

Dimitri: Wo habt ihr den Gefangenen?

Ein Pole: Hier.

Dimitri: Ruf ihn. *Ein russischer Gefangener tritt ein.* Du bist?

Gefangener: Roshnow aus Moskau, Edelmann.

Dimitri: Dienst du schon lange?

Gefangener: Etwa einen Monat.

Dimitri: Schämst du dich nicht, Roshnow, dass gegen mich
Das Schwert du zogst?

Gefangener: Je nun, wir sind nicht frei.

Dimitri: Hast du bei Sewersk mitgefochten?

Gefangener: Ich
Kam erst zwei Wochen nach der Schlacht aus Moskau.

Dimitri: Wie nimmt sich Godunow?

Gefangener: Er war bestürzt
Ob dem Verlust der Schlacht und ob der Wunde
Mstislawskis und hat Schuiski abgesandt,
Dass er des Heeres Führung übernehme.

Dimitri: Warum rief den Basmanow er zurück?

Gefangener: Der Zar hat sein Verdienst belohnt durch Ehren
Und Gold. Basmanow sitzt im Rat des Zaren.

Dimitri: Im Heere war' er nötiger gewesen.
Wie sieht's in Moskau aus?

Gefangener: Nun, Gott sei Dank,
Hübsch ruhig.

Dimitri: Man erwartet mich?

Gefangener: Gott weiß es.
Man wagt es nicht, viel über dich zu reden.
Dem einen schneiden sie die Zunge ab,
Den Kopf dem andern. Toll genug geht's zu.
Wohl jeden Tag wird einer hingerichtet,
Und die Gefängnisse sind pfropfend voll.

Wenn auf dem Markte drei beisammenstehn,
So schleicht auch der Spion sich schon heran;
In seinen Mußestunden fragt der Zar
Die Spitzel selber aus. Man kommt zu leicht
Ins Unglück; darum schweigt man lieber still.

Dimitri: Ein beneidenswertes Leben beim Boris!
Wie steht's ums Heer?

Gefangener: Ja, das hat Kleidung, Nahrung,
Und dem ist alles recht.

Dimitri: Und ist es zahlreich?

Gefangener: Gott weiß es.

Dimitri: Werden's dreißigtausend sein?

Gefangener: Man zählt auch fünfzigtausend wohl heraus.

Dimitri wird nachdenklich, die Umstehenden sehen einander an.

Dimitri: Was sagt man denn von mir in eurem Lager?

Gefangener: Von deiner Gnaden sagen sie, du wärst
Zwar – nimm's nicht übel – zwar ein Schuft, allein
Ein ganzer Kerl.

Dimitri: *lacht.* Das will ich durch die Tat
Beweisen. Freunde, auf den Schuiski warten
Wir länger nicht, ich wünsch' euch Glück zu morgen.
Wir greifen an. Geht ab.

Alle: Es lebe Zar Dimitri!

Pole: Wir greifen an! Sie haben fünfzigtausend,
Wir sind im ganzen fünfzehntausend kaum:
Er ist von Sinnen!

Anderer Pole: Possen, Freund. Ein Pole
Nimmt es mit hundert Moskowitern auf.

Gefangener: Ja, nimmt es auf! Und wenn's zum Schlagen kommt,
So läufst du auch vor einem fort, du Prahler!

Pole: Wenn du nicht ohne Säbel wärst, Vermessner,
So würd' ich dich mit diesem hier *zeigt auf seinen Säbel*
schon zücht'gen.

Gefangener: Der Russe kommt auch ohne Säbel aus!
Ist dir nicht dies gefällig, *zeigt die Faust*, blöder Rüpel!

Der Pole sieht ihn stolz an und geht schweigend ab. Alle lachen.

19. Szene

Wald.
Dimitri. Puschkin. Im Hintergrunde liegt ein sterbendes Pferd.

Dimitri: Mein armes Ross! Wie mutig ist es heut'
In seine letzte Schlacht gesprengt, wie rasch
Trug es, trotz seiner Wunde, mich davon!
Mein armes Ross!

Puschkin *für sich*: Und darum jammert er!
Ums tote Pferd, wenn unser ganzes Heer
Vernichtet ist!

Dimitri: Hör doch, hat nicht die Wunde
Ihm bloß die Kraft geraubt, und kann es sich
Nicht noch erholen?

Puschkin: Nicht daran zu denken!
Es stirbt!

Dimitri: *geht zum Pferd.* Mein armes Ross! Was tun? Ich nehme
Ihm Zaum und Sattel ab, dass es in Freiheit
Veratmen kann.

Er nimmt dem Pferde Zaum und Sattel ab.
Mehrere Polen treten auf.

Seid mir gegrüßt, ihr Herren.
Ich seh' den Kurbski nicht in eurer Mitte!
Heut' sah ich, wie er in den dicksten Haufen
Sich einhieb, wie zahllose Säbelklingen
Gleich schwanken Halmen wogten um sein Haupt!
Doch sein Schwert ragte höher als die andern,
Sein wilder Schlachtruf übertönte alles.
Wo ist mein Held?

Ein Pole: Fiel auf dem Feld der Ehre.

Dimitri: Ruhm sei dem Tapfern, Friede seiner Seele!
Wie wen'ge hat der heiße Tag verschont!
Oh ihr verräterischen Saporoger!
Ihr Schelme habt zugrunde uns gerichtet!
Dem Anprall drei Minuten nicht zu stehn!
Ich werde sie! Der zehnte Mann soll hängen.
Die Bösewichter!

Puschkin: Wer die Schuld auch trägt,
Unleugbar ist, dass wir aufs Haupt geschlagen
Und aufgerieben sind.

Dimitri: Der Sieg war unser!
Das Vordertreffen hatt' ich aufgerollt,

Da warfen uns die Deutschen bös zurück.
Sind brave Burschen, weiß Gott, brave Burschen,
Ich lieb' sie drum, und eine Ehrengarde
Werd' ich aus ihnen ganz gewiss mir bilden.

Puschkin: Wo sollen wir denn lagern heut' zur Nacht?

Dimitri: Wo? Hier im Wald. Ist das kein gutes Lager?
Wir brechen auf, wenn's tagt. In Rylsk ist Mittag.
Schlaft wohl!

Er wirft sich nieder, legt den Sattel unter den Kopf und schläft ein.

Puschkin: Recht angenehme Ruh', Zarewitsch!
Aufs Haupt geschlagen, kaum durch Flucht gerettet,
Ist er so sorglos wie ein dummes Kind.
Ganz sichtbar steht er unter höherm Schutze.
So wollen wir auch, Freunde, nicht verzagen.

20. Szene

Moskau. Gemach des Zaren.
Boris. Basmanow.

Zar: Geschlagen ist er, doch was frommt es uns?
Unfruchtbar ist der Lorbeer dieses Siegs.
Gesammelt hat er sein zerstreutes Heer,
Und von Putiwls Mauern droht er uns.
Und was tun unsre Helden unterdes?
Sie stehn vor Kromy, wo von morschen Wällen
Des Heeres spottet ein Kosakenhaufen.
Sehr rühmlich! Nein, ich bin höchst unzufrieden

Und werde dir die Oberleitung geben.
Nicht das Geschlecht macht, nein, der Geist den Feldherrn.
Sie mögen seufzen über Rangverletzung,
Nicht acht' ich mehr des hohen Pöbels Murren,
Vernichte den verderblichen Gebrauch.

Basmanow: Herr, hundertmal gesegnet sei der Tag,
An dem die Bücher des Geschlechterrangs
Samt aller Zwietracht und Familienhoffart
Das Feuer frisst.

Zar: Der Tag ist nicht mehr fern.
Lass mich des Volkes meuterischen Sinn
Nur dämpfen erst.

Basmanow: Der mache dir nicht Sorge.
Stets hat das Volk ja stillen Hang zum Aufruhr.
So beißt das feur'ge Ross in seine Zügel,
So sträubt der Sohn sich der Gewalt des Vaters:
Was tut's? Der Reiter lenkt in Ruh' sein Ross,
Und Herr wird seines Sohnes auch der Vater.

Zar: Doch wirft das Ross den Reiter manchmal ab,
Und ewig währt nicht die Gewalt des Vaters.
Durch Strenge nur, die nicht erlahmen darf,
Zähmt man das Volk. So dachte einst Iwan,
Der kluge Fürst, der aller Stürme Herr ward,
So dachte auch sein grimmer Enkelsohn.
Nein, unempfindlich ist das Volk für Milde:
Tu Gutes – keinen Dank wird es dir sagen;
Brandschatze, töte – und du fährst noch schlimmer.

Ein Bojar tritt ein.

Was gibt's?

Bojar: Gesandte bitten um Gehör.

Zar: Ich will sie sehn. Basmanow, warte noch;
Verweile hier, ich muss mit dir noch reden. Geht ab.

Basmanow: Welch hohe Herrscherseele aus ihm spricht!
Gott gebe, dass er mit dem schuft'gen Mönch
Erst fertig wird, dann wird er noch gewiss
Des Guten viel, sehr viel für Russland tun.
Er trägt sich da mit einem großen Plan;
Man darf den Vorsatz nicht erkalten lassen.
Mir öffnet eine weite Laufbahn sich,
Wenn er den Rangstolz der Bojaren bricht.
Im Felde kenn' ich keinen, der mir gleichkommt;
Dann steh' zunächst ich an des Thrones Stufen,
Und möglich wär's ... Welch sonderbarer Lärm!

Verwirrung. Bojaren, Hofbediente eilen durcheinander und flüstern.

Erster: Holt doch den Arzt!

Zweiter: Schickt schnell zum Patriarchen!

Dritter: Nach dem Zarewitsch ruft er immerwährend.

Vierter: Den Beicht'ger bringt!

Basmanow: Was ist geschehen? Redet!

Fünfter und Sechster: Ohnmächtig ward der Zar, er stirbt.

Basmanow: Oh Gott!

Fünfter: Auf seinem Throne sitzend, sank er um,
Es stürzte ihm das Blut aus Mund und Ohren.

Man bringt den Zaren auf einem Sessel. Die ganze Zarenfamilie, alle Bojaren.

Zar: Verlasst mich alle. Der Zarewitsch nur
  Soll bei mir bleiben. Alle außer Fjodor ab. Sohn, mein Ende naht;
  Umarme mich. Leb wohl. Die Herrschaft trittst du
  In wenigen Augenblicken an. Oh Gott!
  So bald schon tret' ich vor dich hin und konnte
  Die Seele nicht mehr reinigen durch Buße.
  Doch fühl' ich es, mein Sohn, du bist mir teurer
  Als meine Seligkeit – es mag denn sein.
  Ich hätte, als geborner Untertan,
  In Dunkelheit als solcher sterben müssen;
  Doch ich errang die höchste Herrschaft – Wie?
  Das frage nicht. Bist du ja doch nicht schuldig,
  Du wirst nach deinem guten Recht regieren,
  Ich muss für alles Rede stehn dem Herrn.
  Mein teurer Sohn, oh lass durch Trug dich nicht
  Verstricken und durch Falschheit nicht verblenden.
  In stürm'scher Zeit trittst du die Herrschaft an:
  Gefährlich ist er, dieser Afterzar,
  Ein schauervoller Name panzert ihn.
  Ich, in der Kunst des Herrschens schon seit Jahren
  Geübt, ich konnte die Empörung bänd'gen;
  Sie zitterten vor mir in bleicher Furcht –
  Verrat war nicht so kühn, das Haupt zu heben.
  Doch du, als junger, unerfahrner Herrscher,
  Wie wirst du bei dem drohnden Sturm regieren,
  Den Aufruhr dämpfen, den Verrat ersticken?
  Doch Gott ist groß, er leiht dem Jüngling Weisheit
  Und gibt dem Schwachen Kraft. Nun höre mich.
  Nimm zum Berater einen sichern Mann
  Von reifem Alter, kühler Überlegung,

Den gern das Volk hat, den der Adel ehrt
Um seine Herkunft oder seinen Ruhm;
Vielleicht den Schuiski. Eines tücht'gen Führers
Bedarf das Heer, da sende den Basmanow,
Und bleibe fest, wenn die Bojaren murren.
Du hast von Jugend auf im Rat gesessen
Und kennst den Gang der Staatsverwaltung schon:
Am Laufe der Geschäfte ändre nichts,
Gewohnheit ist die Seele der Regierung.
Ich musste ächten und am Leben strafen;
Stell du das ein, und segnen wird man dich,
So wie man deinen Oheim segnete,
Als er den Thron des Schrecklichen bestieg.
Im Laufe der Zeit magst du allmählich dann
Der Herrschaft Zügel wieder fester anziehn –
Jetzt lockre sie, doch lass sie nicht entgleiten.
Sei huldreich, gönne Fremden Zutritt gern,
Nimm ihre Dienste mit Vertrauen an.
Bewahre streng die Satzungen der Kirche.
Sei schweigsam – niemals darf des Zaren Wort
Zwecklos verhallen in der leeren Luft;
Es soll, geweihter Glocke gleich, nur künden
Ein großes Leiden oder große Feier.
Du trittst, mein lieber Sohn, in jenes Alter,
Wo Frauenschönheit unser Blut erregt:
Bewahre dir ein reines, keusches Herz
Und wirf nicht ab der Unschuld stolze Scham.
Wer in der Jugend Tage seine Sinne
In sündigen Genüssen schwelgen ließ,
Der wird als Mann unwirsch und blutbegierig,
Und vor der Zeit verfinstert sich sein Geist.

In deinem Hause sei du stets das Haupt,
Die Mutter ehre, aber walte selbst
Als Mann, als Zar. Die Schwester habe lieb;
Du bleibst ihr einziger Beschützer jetzt.

Fjodor: *kniet nieder.* Nein, lebe, Vater, und regiere lang noch:
Das Volk und wir sind ohne dich verloren.

Zar: Es ist vorbei – mir dunkelt's vor den Augen,
Ich fühle Grabeskälte ...

Es treten ein der Patriarch, Priester und sämtliche Bojaren.
Die Zarin wird geführt; die Zarewna schluchzt.

Wer ist da?
Die Kutte – ja! Die heilige Tonsur ...
Die Stunde schlug! Es wird der Zar zum Mönch –
Das dunkle Grab wird meine Zelle sein.
Wart noch ein Weilchen, hoher Patriarch!
Noch bin ich Zar. Vernehmt mich, ihr Bojaren!
Da steht er, dem das Reich ich übergebe;
Drum huldiget dem Fjodor ... Du, Basmanow,
Ihr, meine Freunde all! ... Am Rand des Grabes
Beschwör' ich euch, dient redlich ihm und treu!
Er ist ja noch so jung, so ohne Vorwurf.
Schwört ihr's?

Bojaren: Wir schwörn's.

Zar: So bin ich zufrieden.
Verzeiht mir alles nun, was ich gefehlt
Und wo ich offen oder still euch kränkte ...
Komm, heil'ger Vater, jetzt ... bin ich bereit.

Es beginnt der Ritus der Einkleidung. Man trägt die Frauen, die in Ohnmacht sanken, fort.

21. Szene

Zelt.
Basmanow führt den Puschkin herein.

Basmanow: Tritt ein und rede ohne alle Scheu.
So hat er also dich zu mir gesandt?

Puschkin: Ja, und er bietet seine Freundschaft dir
Und in dem Reich die höchste Ehrenstelle.

Basmanow: Mich hat Fjodor hoch genug gehoben:
In meinen Händen liegt des Heeres Führung.
Geschlechterrang hat er für mich missachtet
Und der Bojaren Zorn. Ich schwur ihm Treue.

Puschkin: Es galt dein Eid dem rechtmäßigen Erben,
Allein wenn nun ein anderer noch lebt,
Der größere Rechte hat ...

Basmanow: Hör, Puschkin, lass das.
Unnütze Reden spare dir, ich weiß
Ja, wer er ist.

Puschkin: Russland und Polen haben
Ihn als Dimitri längst schon anerkannt,
Doch darauf kommt's am Ende gar nicht an.
Vielleicht ist er der wirkliche Dimitri,
Vielleicht nur ein Betrüger; eines aber

Weiß ich genau: der Sohn des Godunow
Räumt früher oder später ihm den Platz.

Basmanow: Solange ich den jungen Zaren schütze,
So lange wird er seinen Thron behalten.
An Truppen fehlt es uns nicht, Gott sei Dank!
Ich kann durch Siege ihren Mut beleben,
Wen aber habt ihr gegen mich zu senden?
Karela, den Kosaken? Oder Mnischek?
Wie stark denn seid ihr? Bestenfalls achttausend.

Puschkin: Gefehlt: Auch so viel bringen wir nicht auf.
Ich leugne nicht, dass unser Heer ein Dreck ist,
Dass die Kosaken nur die Dörfer plündern,
Dass diese Polen prahlen nur und saufen,
Und dass die Russen ... Doch was red' ich viel?
Ich will vor dir nicht hinterm Berge halten.
Doch, weißt du, was so stark uns macht, Basmanow?
Das Heer nicht, nein, auch nicht die Polenhilfe –
Die Meinung ist es! Ja, des Volkes Meinung.
Gedenkst du der Triumphe des Dimitri
Und seiner friedlichen Eroberungen?
Als allerorten ohne Schwertschlag ihm
Die Städte sich ergaben und der Pöbel
Die widerspenst'gen Wojewoden band?
Du sahst es selbst: Schlugen sich eure Leute
Wohl gern mit ihm? Wann? Unter Godunow!
Jetzt aber? ... Nein, es ist zu spät, Basmanow,
Des Streites halberloschne Glut zu schüren:
Mit allem deinem Geist und festen Willen
Wirst du nicht widerstehn. Ist es nicht besser,
Wenn du zuerst ein kluges Beispiel gibst,

Dimitri selbst als Zaren anerkennst
Und ihn dadurch auf ewig dir verbindest?
Was meinst du?

Basmanow: Morgen sollt ihr es erfahren.

Puschkin: Entschließe dich!

Basmanow: Leb wohl!

Puschkin: Bedenk's, Basmanow!

Geht ab.

Basmanow: Er hat ganz recht, Verrat reift überall;
    Was soll ich tun? Soll ich etwa drauf warten,
    Dass die Empörer dem Otrepjew mich
    Gefesselt überliefern? Wär's nicht klüger,
    Der Sturmflut vorzubeugen, eh' sie ausbricht,
    Und selbst ... Doch untreu werden meinem Schwur?
    Und mein Geschlecht für alle Zeit mit Schmach
    Bedecken? Das Vertraun des jungen Zaren
    Mit hässlicher Verräterei belohnen?
    Leicht wird es dem geächteten Verbannten,
    Auf Meuterei zu sinnen und Verschwörung –
    Doch mir, der ich des Herrschers Liebling bin ...
    Allein der Tod ... die Macht ... des Volkes Not ...

Er sinnt nach.

    Hieher! Wer da? Pfeift. Mein Pferd! Blast zum Appell!

22. Szene

Richtplatz.
Puschkin kommt, umgeben vom Volk.

Volk: Uns sandte der Zarewitsch den Bojaren.
 Lasst hören, was uns der Bojar vermeldet.
 Hierher! Hierher!

Puschkin: *von dem Gerüst herab.* Bürger von Moskau! Euch
 Entbietet der Zarewitsch seinen Gruß! Er verneigt sich.
 Ihr wisset, wie des Himmels Vorsehung
 Aus Mörderhand den Zarensohn gerettet.
 Er zog heran, um seinen Feind zu strafen,
 Doch Gottes Hand schlug den Boris zuvor.
 Russland hat sich Dimitri unterworfen,
 Basmanow selbst hat, voll aufricht'ger Reue
 Zur Huldigung ihm zugeführt das Heer.
 Dimitri kommt zu euch in Lieb' und Frieden.
 Wollt ihr für die Familie Godunows
 Die Hand erheben gegen euren Zar,
 Den rechten Zar, den Enkel Monomachs?

Volk: Gewiss nicht!

Puschkin: Höret weiter, Bürger Moskaus!
 Es weiß die Welt, wie viel ihr dulden musstet
 Unter der Geißel dieses Aufdringlings!
 Verbannung, Tod, Entehrung, hohe Steuern,
 Kummer und Hunger musstet ihr erfahren.
 Dimitri aber will euch Gnad' erweisen,
 Bojaren, Edelleuten, Richtern, Kriegern,
 Kaufleuten, Gästen, allem biedern Volk.

Werdet ihr töricht euch dawidersetzen,
Verschmähen die euch angebotne Huld?
Erinnert euch, dass er den Thron besteigt
In seiner Väter furchtbarem Geleite.
Erzürnet nicht den Zaren, fürchtet Gott,
Küsset das Kreuz und huldigt eurem Herrscher!
Seid unterwürfig! Schickt alsbald zu ihm
Ins Lager den Metropoliten nebst
Bojaren, Djaken und erwählten Leuten,
Dass sie ihr Knie dem Zar und Vater beugen.

Er steigt herunter. Bewegung unter dem Volk.

Volk: Wozu viel reden? Wahr hat er gesprochen,
Es lebe Zar Dimitri, unser Vater!

Ein Bauer auf dem Gerüst: Auf, in den Kreml! In das Zarenschloss!
In Ketten mit der Brut des Godunow!

Volk: Bindet, ersäuft ihn! Zar Dimitri lebe!
Nieder mit dem Geschlechte des Boris!

23. Szene

Kreml. Haus des Boris. Wache am Eingang.
Fjodor am Fenster.

Bettler: Gebt mir ein Almosen, um Christi willen.

Wache: Fort von hier! Es ist verboten, mit den Gefangenen zu sprechen.

Fjodor: Geh, Alter, ich bin ärmer als du, du bist frei.

Xenia, verschleiert, tritt ebenfalls ans Fenster.

Einer aus dem Volk: Bruder und Schwester – arme Kinder, wie Vöglein im Käfig!

Zweiter: Was ist da zu bedauern? Eine verwünschte Sippschaft!

Erster: Der Vater war ein Bösewicht, aber die Kinder sind unschuldig.

Zweiter: Der Apfel fällt nicht weit vom Stamm.

Xenia: Bruder! Bruder! Es scheint, die Bojaren wollen zu uns.

Fjodor: Das sind Golizyn, Mosalski. Die andern kenne ich nicht.

Xenia: Ach, Bruder! Das Herz presst sich mir zusammen.

Golizyn, Mosalski, Moltschanow und Scherefedinow mit drei Schützen.

Volk: Macht Platz, macht Platz! Die Bojaren kommen.

Die Bojaren treten ins Haus.

Einer aus dem Volke: Weswegen sind sie gekommen?

Zweiter: Gewiss um Fjodor Godunow den Eid abzunehmen.

Dritter: Wirklich? Hör doch, was für ein Geräusch da drinnen. Welch ein Lärm! Man rauft sich!

Volk: Horch! Gewimmer! Das ist eine Weiberstimme. – Kommt hinein! ... Die Türen sind geschlossen; das Schreien hat aufgehört ...

Die Türen öffnen sich. Mosalski erscheint an der Treppe.

Mosalski: Ihr Leute! Maria Godunowa und ihr Sohn Fjodor haben
sich selbst durch Gift getötet. Wir haben ihre Leichen gesehen.

Das Volk schweigt voll Entsetzen.

Was schweigt ihr? Ruft doch: Es lebe der Zar Dimitri Iwanowitsch!

Das Volk bleibt stumm.

Anhang: Von Puschkin ausgesonderte Szenen

I
Im Klostergarten.
Grigori und ein böser Mönch.

Grigori: Oh, wie traurig, oh, wie einsam fließt das Leben uns dahin!
Tage kommen, Tage gehen – Eines sieht und hört man nur:
Vor den Augen – schwarze Kutten, in den Ohren – Glockenklang.
Gähnend schlendert man am Tage, schläft vor Langeweile ein,
Und des Nachts bis Sonnenaufgang wälzt man schlaflos sich im Bett.
Kommt einmal der Schlaf, dann ängst'gen schwarze Träume das Gemüt,
Dass man froh ist, wenn die Glocke, wenn der Krückstock einen weckt.
Nein, ich kann's nicht länger tragen! Fort aus dieser Zelle, fort!
Groß ist Gottes Welt ja, alle Wege stehn mir frei – ich flieh'.

Mönch: Ja, ihr lebenslust'gen jungen Mönche, euer Los ist hart.

Grigori: Wenn doch Litau'n sich empörte, wenn der Khan sich doch erhüb' –

Ha, wie wollt' ich dann mit meinem Schwerte mich in Lust ergehn!
Wie, wenn plötzlich der Zarewitsch stieg' aus seines Grabes Nacht,
Wenn er riefe: »Hei, ihr Freunde, die ihr Treue mir gelobt –
Fangt Boris, den Zarenmörder, führt den Feind geknebelt her!«

Mönch: Narrensposen! Nie erwecken wir zum Leben den, der tot,
Nein, ein anderes bestimmte dem Zarewitsch sein Geschick ...
Aber höre: Wenn es sein soll, nun, so sei es denn auch ganz ...

Grigori: Sprich, was meinst du?

Mönch: Wenn ich deine Jugend, deine Kräfte hätt',
Wenn nicht vor der Zeit im Barte sich manch graues Haar gezeigt ...
Du verstehst mich?

Grigori: Nichts versteh' ich!

Mönch: Höre! Unser dummes Volk –
Willig glaubt's dem Wundertruge, lässt betören sich gar leicht;
Nie vergessen die Bojaren, dass Boris ihr Gleicher war,
Immer noch verehren alle des Warägers alten Stamm.
Altersgleich mit dem Zarewitsch bist du – wärst du schlau und kühn ...
Nun, verstehst du? Schweigen.

Grigori: Ich verstehe.

Mönch: Und was sagst du?

Grigori: Ha, es sei!
 Bin Dimitri, bin Zarewitsch.

Mönch: Gib die Hand mir – du wirst Zar.

II

Schloss des Wojewoden Mnischek in Sambor.
Marinas Putzzimmer.
Marina, Rusia (mit Ankleiden beschäftigt). Dienerinnen.

Marina vor dem Spiegel: Nun, bist du fertig? Geht's nicht rascher von
 der Hand?

Rusia: Trefft erst die schwier'ge Wahl – was passt zum Kleide?
 Was legt Ihr heute an? Ob Euer Perlenband,
 Ob das smaragdene Geschmeide?

Marina: Die Demantkrone.

Rusia: Schön! Die habt Ihr auch getragen
 Das letzte Mal im Königsschloss zum Tanz.
 Da machtet Ihr durch Eurer Schönheit Glanz
 Die Männer seufzen und die Fraun verzagen.
 Es sah Euch damals auch, glaub' ich, zum ersten Mal
 Der junge Bronski, der sich dann erschossen.
 Wie viele Tränen sind um ihn geflossen!
 Ach, freilich blieb ihm keine Wahl.
 Ein jeder sagt's: Man braucht Euch bloß zu kennen,
 Um gleich in Liebe zu entbrennen.

Marina: Kannst du nicht schneller machen?

Rusia: Gleich.
Heut' rechnet Euer Vater sehr auf Euch.
Wohl sah Euch der Zarewitsch nicht vergebens,
Und zu verbergen weiß er sein Entzücken nicht;
Verwundet ist er schon, nun ist es Eure Pflicht,
Dass Ihr ihn trefft im Kern des Lebens.
Er ist in Euch verliebt und zeigt es unverhohlen,
Ist Euer Gast seit einem Monat schon,
Denkt an den Krieg nicht mehr, nicht an den Zarenthron,
Und ärgert Russen sowie Polen.
Oh Gott! Soll mir's beschieden sein?
Nicht wahr, wenn Ihr nach seinen Siegen
Mit ihm auf Moskaus Thron gestiegen,
Dann, hoff ich doch, gedenkt Ihr mein?

Marina: Was meinst du, werd' ich Zarin sein?

Rusia: Wer sonst als Ihr? Wer mag in diesen Reichen
An Schönheit, Herrin, sich mit Euch vergleichen?
Der Mnischek Haus ist hoch wie irgendeins gestellt,
An Geist bezwingt Ihr alle Welt –
Glücklich, wenn Euer Blick Beachtung mag gewähren,
Wer Eures Herzens Liebe kann beschwören!
Sei es auch unser König in Person,
Sei es von Frankreichs Prinzen einer,
Nicht bloß der hergelaufne Zarensohn:
Woher der kommt und wer er ist, weiß keiner!

Marina: Er ist des Zaren Sohn und anerkannt von allen.

Rusia: Doch weiß man, dass er vor'ges Jahr
Noch Knecht bei Wischnewezki war.

Marina: Verborgen hielt er sich.

Rusia: Ich lass' es mir gefallen.
 Allein, ist Euch noch nicht bekannt,
 Was man von ihm erzählt – und zwar nicht bloß die Feinde?
 Er wär' ein Mesner bloß, aus Moskau durchgebrannt,
 Der ärgste Schelm in der Gemeinde!

Marina: Welch törichtes Geschwätz!

Rusia: Ei nun, ich glaub' nicht dran.
 Ich sage nur, dass er sein Schicksal segnen kann,
 Wenn Ihr so gütig seid, ihm Euer Herz zu schenken,
 Statt einen andern zu bedenken.

Dienerin kommt gelaufen. Die Gäste sind versammelt.

Marina: Wunderschön!
 So kannst du schwatzen bis zur Tageshelle,
 Indessen kommt mein Putz nicht von der Stelle.

Rusia: Gleich, gleich. Bewegung unter den Dienerinnen.

Marina für sich. Er muss die Wahrheit mir gestehn.

Entwurf eines Vorwortes zum »Boris Godunow« (1829/30?)

Das Studium Shakespeares, Karamsins und unserer alten Chroniken gab mir den Gedanken ein, eine der dramatischsten Epochen der neueren Geschichte in dramatische Form einzukleiden. Von keinem anderen Einfluss verwirrt, ahmte ich Shakespeare, seine freie und breite Schilderung der Charaktere, die ungekünstelte und einfache Zusammenstellung der Typen nach; Karamsin folgte ich in der übersichtlichen Entwicklung der Ereignisse, in den Chroniken bemühte ich mich, den Gedankengang und die Sprache der damaligen Zeit zu enträtseln. Reiche Quellen! Ob es mir gelungen ist, sie zu nutzen, weiß ich nicht. Wenigstens waren meine Bemühungen emsig und gewissenhaft.

Lange konnte ich mich nicht entschließen, mein Drama drucken zu lassen. – Der gute oder schlechte Erfolg meiner Gedichte, das wohlwollende oder strenge Urteil der Zeitschriften über irgendeine Erzählung in Versen beruhigten meine Eigenliebe nicht sonderlich. Die schmeichlerischen Besprechungen haben sie nicht geblendet. Beim Lesen der beleidigendsten Besprechungen war ich bemüht, die Meinung der Kritik zu erraten und mit möglichster Kaltblütigkeit zu begreifen, worin ihre Beschuldigungen eigentlich bestehen, und wenn ich auf sie nie erwiderte, so geschah es nicht aus Verachtung, sondern einzig aus der Überzeugung, dass unsere Literatur il est indifférent, ob dieses oder jenes Kapitel aus dem Onjegin höher oder tiefer stehe als ein anderes. Aber ich gestehe aufrichtig, der Misserfolg meines Dramas würde mich kränken; denn ich bin überzeugt, dass unserem Theater die volkstümlichen Gesetze des Shakespearedramas anstehen, nicht aber die höfische Sitte der Tragödie Racines, und dass jedes misslungene Experiment die Umgestaltung unserer Bühne verlangsamen würde. (Der Jermak von A. S. Chomjakow ist mehr ein lyrisches Werk als ein Drama. Seinen Erfolg verdankt es nur seinen herrlichen Versen.)

Ich gehe nun zu einigen näheren Erklärungen über. Der von mir angewandte Vers (der fünffüßige Jambus) wird gewöhnlich von den Engländern und Deutschen angewandt. – Bei uns finden wir, dünkt mich, das erste Beispiel dafür in den Argiviern. A. Shandr verwendet in dem Bruchstück seiner schönen, in freien Rhythmen geschriebenen Tragödie vornehmlich dieses Versmaß. – Ich behielt die Zäsur des französischen Pentameters auf dem zweiten Fuß und habe damit, scheint mir, einen Irrtum begangen, da ich dadurch meinen Vers der ihm eigenen Mannigfaltigkeit freiwillig beraubte.

Es gibt da derbe Scherze, volkstümliche Szenen. Der Dichter darf nicht nach eigenem Belieben vulgär sein, wenn er es vermeiden kann; ist es aber notwendig, darf er sich nicht davor scheuen.

Als ich in der Geschichte einem meiner Vorfahren begegnete, der in dieser unglücklichen Epoche eine wichtige Rolle spielte, brachte ich ihn auf die Bühne, ohne an die Kitzligkeit des Anstandes zu denken, con amore, aber ohne jeden versteckten Adelsstolz. Von allen meinen Nachahmungen Byrons wäre der Adelsstolz die lächerlichste. Unsere Aristokratie wird vom neuen Adel gebildet, der alte ist in Verfall geraten; seine Rechte sind den Rechten der anderen Stände angeglichen, die großen Güter sind längst zerstückelt, vernichtet ... Einer solchen Aristokratie anzugehören, ist in den Augen des vernünftigen Pöbels gar kein Vorzug, und die einsame Verehrung des Ruhms der Vorfahren kann einem lediglich den Vorwurf der äußersten Geschmacklosigkeit oder der Nachahmung der Ausländer zuziehen.

II
Der Geist des Zeitalters fordert große Veränderungen auch auf der dramatischen Bühne. Es ist möglich, dass auch sie die Hoffnungen der Reformatoren enttäuschen werden. Der auf der Höhe des Schaffens lebende Dichter sieht vielleicht auch die Mängel der gerechten Forderungen klarer und das, was sich vor den Blicken der erregten Menge verbirgt; aber es wäre vergeblich für ihn, darum zu kämpfen ... So gaben Lope de Vega, Shakespeare und Racine dem Strom nach. Aber das Genie bleibt Genie, welche Richtung es auch immer wählt: Das Urteil der Nachwelt wird das Gold, das ihm gehört, von den Schlacken scheiden. (1830)